PHILEDOR BEAUSOLEIL

DU MEME AUTEUR

LES CRIS, poèmes, 1968. Réédition en 1969. Epuisé. Editions du Jour, Montréal.

SOLEIL DE BIVOUAC, poèmes, 1969. Edition remaniée en 1973. Epuisé. Editions du Jour, Montréal.

LE JOURNAL D'AUTOMNE DE PLACIDE MORTEL, récit, 1970. Epuisé. Editions du Jour, Montréal.

LE MANGEUR DE NEIGE, poème, 1973. Epuisé. Editions du Jour, Montréal.

LA MORT ROUSSE, roman, 1974. Editions du Jour, Montréal.

LE FOU, roman, 1975. Editions du Jour, Montréal.

L'ILE AUX FANTOMES, contes précédés de Le Journal d'automne, 1977. Editions du Jour, Montréal.

LE CRI DU SOLEIL, intégrale des poèmes (1956-1977) incluant Les Cris, Le Livre du Soleil, Soleil de bivouac, Poèmes posthumes, Blues, Le Mangeur de neige, Le Beau jour jaune, Le Château-fort du feu, Le Printemps, Amoureuses, L'Oiseau Rivière. A paraître aux Editions Leméac.

PIERRE CHÂTILLON

PHILEDOR
BEAUSOLEIL

ROBERT LAFFONT / PARIS
LEMÉAC / MONTRÉAL

Si vous désirez être tenu au courant des publications de l'éditeur de cet ouvrage, il vous suffit d'adresser votre carte de visite aux Editions Robert Laffont, Service « Bulletin », 6, place Saint-Sulpice, 75279 Paris, Cedex 06. Vous recevrez régulièrement, et sans aucun engagement de votre part, leur bulletin illustré, où chaque mois, sont présentées toutes les nouveautés que vous trouverez chez votre libraire.

à mon père qui, affrontant le monstre tambour, le monstre trombone, le monstre trompette et le monstre tuba, parvint, grâce à sa baguette magique de directeur de fanfare, à les apprivoiser jusqu'à l'harmonie.

« Moi, j'engendre la lumière, mais les ténèbres sont aussi de ma nature. »

(*Artis Auriferae*, Bâle, 1593)

— Tabanak de vieille oreille de bœu !

Charles-Auguste, rageur, mordilla sa moustache, enfonça sur sa tête sa casquette de feutre à oreilles et sortit dans la poudrerie sauvage d'une aube noire de février.

Calant jusqu'à mi-jambes dans la neige, il parvint péniblement à son tracteur rouge, prit place sur le siège de métal recouvert d'une peau de mouton, mit le moteur en marche, alluma les phares, actionna la souffleuse et entreprit comme à l'accoutumée de nettoyer sa cour et le long chemin reliant sa maison au rang du Grand Saint-Esprit.

Les deux larges spirales d'acier tournant avec fracas donnaient à la souffleuse, rivée à l'arrière du tracteur, l'allure d'une sorte de dragon dévoreur mordant à pleins crocs les bancs de neige durcie. Et le tuyau recourbé par lequel était projetée la neige ressemblait à quelque antenne terrifiante se dressant au-dessus de la gueule du monstre. Les deux phares braquaient leurs gros yeux de feu et la cabine de toile à fenêtre de mica fixée sur le tracteur pour servir

11

d'abri à Charles-Auguste oscillait comme la tête de la bête furieuse.

« Tabanak de vieille oreille de bœu ! » jurait Charles-Auguste à chaque nouvel assaut. Il y avait dans ce petit vieillard s'agitant dans la nuit la perpétuation d'une haine de l'hiver héritée de lointains ancêtres. Repris de père en fils depuis le plus reculé du temps, le combat dérisoire mais tenace de l'homme s'acharnant, sur sa planète perdue, à perpétuer la lumière dans le noir de l'univers.

Secouée par les sautes de poudrerie, fonçant droit sur le vent du nord, la souffleuse, avec des cris de ferraille, mordait à pleins crocs dans la neige durcie. Bardé dans sa chemise de laine à carreaux, dans ses bottines de feutre, dans sa salopette de fermier tel un chevalier d'antan dans son armure, Charles-Auguste chevauchait son dragon d'acier rouge. Et parfois, mordillant sa moustache hérissée de frimas, il se prenait à rêver que lui, petit habitant malingre aux traits crispés, il poussait l'audace jusqu'à souffler la neige et le froid hors de la terre entière. Il se voyait alors assaillant le Pôle, ouvrant un chemin sur le toit du monde, soufflant dans l'espace des blocs d'icebergs, des ours blancs, des pingouins.

Et devant lui, pour couronner de gloire son combat surhumain, il voyait parfois monter les lueurs vertes et jaunes d'une vaste aurore boréale.

Ce combat, Charles-Auguste le reprenait chaque matin d'hiver ou presque. Et cela depuis tant d'années ! Chaque fois qu'une tempête rafalait sur la campagne, il sortait à l'aube en jurant : « Tabanak de vieille oreille de bœu ! », et lançait sa souffleuse contre les amoncellements de neige. Chaque fois, avant même la traite des vaches, afin de déblayer le chemin permettant au camion de la Coopérative de venir prendre livraison des bidons de lait.

Jadis, à l'âge de vingt-deux ans, époque de son mariage avec Marguerite, Charles-Auguste avait attaqué l'hiver avec un plaisir non-déguisé. Même si, en ce temps-là, il ne possédait pas de tracteur-souffleuse, il éprouvait dans ce sain affrontement une sensation exaltante de puissance. Il ressentait même parfois la certitude d'aider le pâle soleil à se secouer de sa gangue de glace, à s'arracher à l'emprise gelée de l'horizon, à monter de nouveau dans l'espace pour continuer la vie. Charles-Auguste, en sa jeunesse, revenait chaque matin un peu plus triomphant

13

de ce corps à corps violent contre la force cosmique du vent du nord.

Puis, les années passant, le couple n'avait pas eu d'enfants pour assurer la relève, et le sentiment de victoire des débuts s'était peu à peu transformé en frayeur trembleuse à mesure que Charles-Auguste, vieillissant, avait commencé d'entrevoir l'issue du Grand Combat toujours recommencé dont aucun homme jamais n'est parvenu à sortir vainqueur. Aussi, avec le temps, ce n'était plus à des bourrasques de neige qu'il s'était attaqué, monté sur son petit tracteur rouge à gros yeux lumineux dilatés par la peur mais c'était la mort elle-même qu'il aspirait à broyer dans les spirales d'acier de sa souffleuse et qu'il rêvait de projeter pulvérisée hors de la terre.

Les années avaient passé attisant en lui l'anxiété de l'homme qui, sentant diminuer la résistance de ses muscles et de son cœur, n'aperçoit aucun signe de fatigue chez son Adversaire immense et qui se demande si la vie, de siècle en siècle, ne va pas s'affaiblissant devant la puissance éternellement jeune de la mort.

A la longue, Charles-Auguste, de plus en plus frileux, avait pris l'habitude, pendant la saison d'hiver, de passer la nuit à se bercer près de son poêle à bois afin d'entretenir le feu comme s'il se fût agi d'empêcher l'extinction même du soleil.

Perclue d'arthrite, Marguerite lui faisait chauffer une tisane de savoyane contre la grippe, resserrait sur ses seins rabougris sa robe de chambre couleur d'ennui et, vieille femme épuisée qui sans résistance se laisse emmener vers le royaume des ombres, elle allait doucement se coucher en traînant ses pantoufles sur le prélart usé.

Charles-Auguste alors, profitant du sommeil de son épouse, se dirigeait à pas discrets jusqu'à la cuisine d'été, tâtonnait dans un coffre, en sortait un dix onces de gin et revenait s'asseoir près du feu. Et toute la nuit durant, tandis qu'au-dehors la poudrerie hurlait aux carreaux, Charles-Auguste oscillait dans sa berceuse craquante, s'allumait des pipes de tabac fort, luttait contre la somnolence en se versant dans l'estomac de petites gorgées de gin brûlant et en jetant dans le poêle en fonte bûches et copeaux d'érable qui chassaient en un pétillement d'étincelles les frissons qui s'emparaient de lui lorsque, par anticipation, il se voyait figé parmi les malheureux défunts pétrifiés de froid au fond d'un cimetière sous la neige.

Une nuit de février, donc, Charles-Auguste, bien au chaud dans son sous-vêtement Penman's 95 % laine qu'il appelait sa « combine d'hiver à grand' manches », oscillait dans sa berceuse craquante en regardant danser les flammes par la porte du poêle. Il avait soixante et dix ans. Il habitait depuis toujours cette maison de briques rouges isolée dans le rang du Grand Saint-Esprit, à quelques milles de Nicolet. Sur le mur, en face de lui, une image représentant le Sacré-Cœur portait l'inscription : « Pourquoi me blasphèmes-tu ? ». « Tabanak ! », marmonna Charles-Auguste.

Avant son mariage, lorsqu'il travaillait sur sa terre à bois et qu'il s'écorchait un doigt, il surmontait sa crainte de Dieu et laissait échapper des « Câlisses ! », des « Tabarnaques ! » qui, modifiés de cette façon par la manière traditionnelle de les prononcer, se recouvraient, eût-on dit, d'une espèce de rugosité d'échardes et d'écorces, se chargeaient de plus de saveur et de plus de puissance que les mots d'église : calice et tabernacle ; des « Câlisses ! », des « Tabarnaques ! » qui s'envolaient autour de lui parmi les sapinages avec la liberté des oiseaux sauvages. De beaux jurons d'hommes bien adaptés à ce pays de froid, de beaux jurons d'hommes tant de fois grommelés parmi les arbres par les ancêtres besogneux qu'ils en avaient acquis une sorte de résonance raboteuse, résineuse, aussi familière au paysage québécois que le toc-toc du pic-bois, le croassement des corneilles ou les coups de hache sur les troncs.

Mais Marguerite, obéissant aux directives du curé, n'avait pas autorisé ce parler mal équarri et son mari avait peu à peu transformé « Tabarnaque ! » en « Tabanak ! » afin d'en atténuer l'impact, y ajoutant toutefois « vieille oreille de bœu ! » en guise de compensation sonore. Marguerite n'avait pas toléré non plus une goutte de boisson dans la maison, et ce n'est qu'à la faveur de la nuit que Charles-Auguste avait pu continuer à siroter en cachette quelques gorgées de gin au bon parfum de fougères et de thé des bois.

Le vieil homme, oscillant dans sa berceuse craquante, s'alluma une pipe, attisa la braise, remit une bûche tandis que la poudrerie hurlait aux carreaux. Il s'occupa, selon son habitude, à parcourir du doigt, sur une grande carte géographique, les territoires du Nouveau-Québec ; il lisait avec application les noms étranges des lacs et des montagnes, et s'imaginait remontant jusqu'au Pôle sur son tracteur-souffleuse. Puis il laissa choir la carte sur le plancher parmi des journaux répandus : un long article illustré faisant revivre l'époque des diplodocus, brontosaures, tyrannosaures et autres créatures préhistoriques dont les carcasses sont exposées au Musée d'Histoire Naturelle de New York ; des pages de bandes dessinées racontant les exploits de Mandrake le Magicien, de Jacques le Matamore, de Tarzan l'Homme-Singe. Quelques lignes en gros caractères attirèrent l'attention de Charles-Auguste : ((QUATRE PILOTES AMERICAINS DE B-52, CES AVIONS QUI, SE RELAYANT SANS ARRET, TRANSPORTENT AUTOUR DE LA TERRE LA BOMBE ATOMIQUE, ONT ETE TROUVES EN POSSESSION DE MARIJUANA ET DE LSD)).

— Un bon moment donné, se dit-il à haute voix, c'est la fin du monde qui va nous arriver drue comme une tempête de grêle, la fin du monde... l' sont en train d' pourrir la terre avec leurs villes puantes p' is leurs usines qui empoisonnent l'air qu'on respire... Un bon moment donné, avec leurs Tabanak de bombes, i' vont réveiller des vieille oreille de monstres qui vont sortir d' la mer p'is qui vont tout démolir...

Charles-Auguste possédait une terre à bois, deux milles plus bas, sur le bord du fleuve Saint-Laurent. Il se souvint d'une énorme vache morte apportée par le courant, un printemps, et qu'il avait dû enfouir à l'aide de son tracteur. Incapable de transporter plus loin cette charogne, boule de mousse blanche recouverte d'une sorte de peau mouvante composée de milliers de mouches vertes, il avait creusé auprès de l'animal un trou profond et y avait poussé ce qui n'était plus une vache mais un bloc informe grouillant de vers. Chaque été, depuis quelques années, la vague apportait sur la rive sablonneuse du fleuve des monceaux d'anguilles déchiquetées, des barbottes, des dorés, des carpes, des bidons d'eau de javel, des sacs de détritus. Il n'était plus guère possible d'y marcher sans mettre un pied dans une flaque de goudron ou sur un poisson mort. « Si personne arrête la folie des hommes, ça sera pas long que l'eau du fleuve va pogner comme une sorte de bloc de jell-o, p'is un bon jour notre pauvre planète va s' promener dans l'espace comme une immense vache de charogne p'is i' va monter de ça une puanteur si épouvantable que les étoiles vont se sauver au fond du ciel pour pas attraper la maladie de la terre. »

Charles-Auguste, oscillant dans sa berceuse craquante, mordillait sa moustache en serrant les dents sur le tuyau de sa pipe de tabac fort. Dans sa jeunesse, le fleuve était si propre qu'on y pouvait nager sous l'eau les yeux ouverts. Il passait des journées entières, dans sa chaloupe, à regarder errer les bancs de perchaudes et de crapets-soleils parmi les algues luisantes.

Il but une gorgée de gin et tendit la main vers les douces flammes qui, s'échevelant dans le poêle à bois, lui rappelèrent soudain les très longs cheveux jaunes de Marguerite à l'époque de leurs fiançailles. Marguerite avait été la plus jolie fille de la région, et jamais il n'oublierait leurs promenades, en fin d'après-midi, jusqu'au bout du champ de blé-d'inde d'où ils revenaient les bras chargés de fleurs sauvages et les joues roses d'émotion. Malgré ses restrictions sévères imposées par la suite sur le chapitre de la boisson et des jurons, Marguerite avait été le grand amour de sa vie et il n'avait souvenance d'aucun moment désagréable passé en sa compagnie. Il la revit, nerveuse, toute menue, dans la grande cuisine d'été, s'affairant à ses pots de confitures de fraises et de rhubarbe, coupant des pêches, des tomates pour son ketchup aux fruits, préparant ses semis, frappant de ses petits poings la pâte à pain.

Il la revit sarclant le potager : parfois il s'approchait d'elle sans faire de bruit, déposait un baiser dans son cou ; elle sursautait, relevait son large chapeau de paille, s'accrochait à lui à pleins bras et ils restaient là, debout, pareils à deux plantes géantes poussées face à face et se regardant. Une fois même, égarés par le bonheur, ils avaient roulé parmi les tendres pousses de carottes et de laitue et avaient bien failli s'unir là, sur le sol, en plein soleil. Mais Marguerite s'était aussitôt redressée, confuse, bredouillant : « M. le Curé aimerait pas ça... »

— Des misérables, grommela l'habitant, c'étaient des misérables...

Jamais, en cinquante ans de ménage, s'y prêtant par devoir, Marguerite n'avait refusé l'acte de chair, mais jamais par contre elle ne s'y était abandonnée avec plaisir ; leurs copulations hâtives et souvent pénibles s'étaient en outre effectuées dans la noirceur, Marguerite, sur les instances de son confesseur, refusant à son mari le droit de regarder son corps...

Et notre habitant, en cette nuit de février, se permit de penser que le bon Dieu, dans sa sagesse, n'avait pas pu inventer les sexes pour ensuite condamner ses créatures à ne point s'en servir dans la joie, surtout lorsque ses créatures avaient reçu le saint sacrement de mariage ;

notre habitant, en cette nuit de février, au risque d'attirer sur lui les foudres du ciel, se permit, bien timidement certes mais avec au cœur une poignante détresse en contemplant cette seule partie vraiment et irrémédiablement gâchée de sa vie, se permit de penser, une fois de plus, que les prêtres responsables de tant d'interdits en désaccord avec la bonne nature du bon Dieu étaient : « Des misérables, de grands misérables... » « Des misérables » : il ne parvenait pas à trouver de terme résumant mieux les sentiments de peur et de respectueux mépris qu'il éprouvait à leur égard.

Charles-Auguste avala une lampée d'alcool, ralluma sa pipe, jeta une bûche dans le poêle. Il se rappela avoir pleuré une nuit entière, en cachette, lorsque les merveilleux cheveux jaunes de Marguerite s'étaient mis à blanchir. Il lui avait semblé que la neige, à ce moment-là, s'était infiltrée sous la peau de sa femme et cette neige-là était bien plus terrible que celle de l'hiver car aucun printemps, jamais, ne lui succédait. Après le bref été de ses amours, l'homme voyait peu à peu neiger sur lui l'hiver sans fin du temps et chaque année qui s'ajoutait tendait à lui donner la rigidité de glace de ceux qui sont morts pour l'éternité. « Tabanak ! » cette poudrerie-là il l'acceptait moins encore que celle des plus violents févriers.

Le vent du nord fit craquer la charpente de la maison et Charles-Auguste, se levant de sa chaise, ressemblant à quelque étrange fantôme flottant dans son ample sous-vêtement de laine, se dirigea vers la fenêtre givrée. Passablement ivre, il regarda tourbillonner la neige qui lui apparut soudain sous la forme d'une immense femme blanche tentant de soulever sa maison, de l'enfouir dans son ventre et de se sauver vers le Pôle en dansant sur les montagnes et les cimes des forêts.

Il revint s'asseoir, attisa le feu et, pour lutter contre le sommeil envahissant, il se rappela les légendes que lui racontait jadis son père en le berçant sur ses genoux, légendes dont il aurait aimé lui aussi faire le récit à son garçon mais le destin n'avait pas voulu que Marguerite lui en donnât un.

Il revit la Dame Blanche, les lutins emmêleurs de crinières de chevaux, les loups-garous hurlant à la lune, les blasphémateurs de la Chasse-Galerie emportés dans le ciel à bord de leur canot volant, Rose Latulipe dansant avec le diable, le géant Beaupré, la sorcière Corriveau pendue à un arbre dans sa cage de fer... il sursauta, consulta sa montre ; l'aube approchait. Il lui faudrait bientôt, comme à l'accoutumée, revêtir sa salopette, sa chemise à carreaux, chausser ses bottines de feutre, enfoncer sur sa tête sa casquette, sortir dehors, monter sur sa souffleuse et reprendre le combat dérisoire contre la mort mais il lui restait encore une bonne heure et, la flamme se remettant à danser dans le poêle, Charles-Auguste, son dix onces de gin presque vide posé sur ses cuisses, se laissa peu à peu, contre sa volonté, glisser dans le sommeil.

Lorsqu'il rouvrit les yeux, la porte défoncée gisait sur le plancher et la neige s'accumulait partout dans la maison. Terrifié, il regarda le poêle éteint, recouvert de glace, et s'empressa, calant jusqu'à mi-jambes, vers la chambre où reposait sa femme. « Tabanak de vieille oreille de bœuf ! Marguerite ! Marguerite ! » hurla-t-il. Le lit, à demi disparu sous la neige, était vide et Charles-Auguste, remarquant d'énormes traces de pas se dirigeant vers l'extérieur, comprit que son épouse venait d'être enlevée par quelque monstrueux Géant du Nord.

Cette fois, c'en était trop. Fou de rage, il enfila ses vêtements durcis par le froid, avala la dernière gorgée d'alcool qui restait dans sa bouteille, se fraya un passage à coups de pelle jusqu'à la cuisine d'été, dégagea le coffre de bois, en sortit un flacon de gin tout neuf et l'enfouit dans la poche de sa chemise de laine à carreaux. Il ne se pardonnait pas d'avoir relâché sa surveillance en succombant au sommeil mais, plus il réfléchissait à cette situation invraisemblable, plus il lui apparaissait évident qu'il venait d'être victime des maléfices de quelque lutin givreux.

Cette certitude s'accrut encore lorsqu'il eut franchi le seuil et qu'il vit par endroits la neige accumulée jusqu'à la toiture de sa maison. Le vent, soufflant avec violence, faillit le jeter par terre ; il se demanda s'il devait retourner à l'intérieur pour sauver des meubles, des souvenirs, des objets précieux mais qu'en aurait-il fait ? Où les aurait-il entreposés ? Avant tout, il fallait retrouver Marguerite et la retrouver vivante. A la seule pensée de la savoir captive du Géant du Nord ou de la Dame Blanche, il perdait la tête, marchait dix pas dans une direction, repartait en sens contraire. Soudain, pris d'inquiétude pour ses bêtes, il s'empressa vers l'étable où il s'arrêta stupéfait : ses trente-trois vaches étaient là figées pareilles à ces animaux de glace que sculptent les enfants lors du carnaval d'hiver, figées blanches pareilles à de gros blocs de lait gelé.

D'un seul coup, Charles-Auguste prit conscience de sa faiblesse devant les énormes travaux qu'aurait exigés l'amélioration du destin et il faillit s'abandonner au désespoir, mais l'entêtement qui avait toujours été sa qualité majeure reprit le dessus et le petit homme à cheveux blancs, avalant une lampée de gin, sauta sur son tracteur rouge. Il prit place sur le siège de métal recouvert d'une peau de mouton, vérifia la solidité de sa cabine de toile à fenêtre de mica, mit le moteur en marche, alluma les phares, actionna la souffleuse et le voici parti en direction du nord.

Cette fois, se persuade-t-il, il va se rendre jusqu'au Pôle et régler, une fois pour toutes, le vieux problème de l'hiver et de la mort. D'incroyables difficultés, certes, l'attendent car, la souffleuse étant fixée à l'arrière du tracteur, il va lui falloir circuler à reculons ainsi qu'il le fait lorsqu'il déblaie son chemin. Il va lui falloir progresser par coups, avançant, reculant, attaquant à plusieurs reprises chaque monticule de neige durcie. « Tabanak ! » grogne-t-il mordillant sa moustache hérissée de frimas, tandis que les deux larges spirales d'acier tournent avec fracas en essayant de mordre à pleins crocs le vent du nord.

L'aube lentement se lève rose sur l'immensité pétrifiée de froid de la campagne donnant au tracteur de Charles-Auguste l'allure d'un minuscule tracteur-jouet perdu dans la blancheur de l'univers. Il continue néanmoins en direction du fleuve Saint-Laurent, avançant, reculant, reprenant son élan, soufflant l'une après l'autre chacune des vagues de neige déposées sur la route, vagues qui donnent au paysage l'allure d'une mer de lait gelé.

Au bout d'un long temps, il parvient aux abords du très haut pont de Trois-Rivières qui, comme pour récompenser ses efforts, se transforme en un gigantesque arc-en-ciel reliant les deux rives du fleuve. Charles-Auguste interprète ce phénomène comme un présage de bon augure et c'est presque sans crainte qu'il s'aventure sur l'arc-en-ciel, en parcourt toute la courbe colorée et redescend vers Trois-Rivières qui, endormie parmi les fumées violettes de ses usines, lui semble être quelque cité de légende aux édifices de sucre poudreux.

Il ne s'attarde pas parmi ces pâtés de maisons sans plus de consistance que celle d'un fragile frimas et, continuant de s'ouvrir un chemin sur la route qui monte vers les Laurentides et la ville lointaine de La Tuque, il parvient à proximité des ruines des anciennes Forges du Saint-Maurice. Une étrange lueur rouge s'élevant des restes du haut fourneau rayonne sur cet emplacement où jadis, pendant plus de cent cinquante ans, on a exploité des gisements de fer. Et tout autour de la haute cheminée de la Taillanderie s'étend un cercle de trois cents pieds de diamètre, cercle de terre couverte d'herbes roussies où ne se dépose aucun flocon. Charles-Auguste, intrigué par le caractère insolite de cette espèce d'oasis dans le désert de l'hiver, en profite pour prendre un peu de repos à l'écart de la tempête. Mais ce sol couleur de rouille sur lequel ne tombe aucune neige est constamment ébranlé. On dirait que, sous la surface, des marteaux géants frappent sur des enclumes et Charles-Auguste, plus épouvanté qu'il ne se l'avoue, ne tarde pas à foncer de nouveau dans la bourrasque en direction du nord. Il traverse les villes de Shawinigan, Grand-Mère et, suivant le cours tortueux de la rivière Saint-Maurice, il s'aventure sur la route qui serpente au pied des falaises des Laurentides.

Une seule fois, par le passé, il s'était rendu, en compagnie de Marguerite, jusqu'aux villages de Grandes-Piles et de Saint-Rock-de-Mékinak. Dépourvus d'argent à l'époque de leur mariage, ils avaient attendu jusque dans la trentaine pour faire un voyage de noces. Ils avaient emprunté la Plymouth verte d'un voisin, avaient filé le long du Saint-Maurice. C'était l'automne. Une camionnette parfois, revenant de ces forêts qui montent jusqu'au Pôle, portait un canot et un panache de chevreuil. Et comme, chaque année, à la saison de la chasse, la nature tout entière, à l'instar des bêtes tuées, ressemble à quelque immense animal qui s'ensanglante sous les coups meurtriers du temps, le feuillage des érables roulait ce jour-là en plein soleil des flots de sang au flanc des falaises dont le pied se perdait parmi les eaux noires du Saint-Maurice. Mais le spectacle de la mort, chez les jeunes gens, exalte la passion de vivre, et les deux époux, s'arrêtant parfois le long de la route pour cueillir des gerbes de verges d'or, s'étaient embrassés avec défi parmi la splendeur tragique du paysage empourpré.

Ils avaient pique-niqué près d'une chute, sur un promontoire couvert de vinaigriers, de quenouilles, de fougères, d'immortelles, de sapins gommeux. Plusieurs centaines de pieds plus bas, les eaux fougueuses, se heurtant à des îlots de pins, charriaient des flottages de billes de bois à papier et Charles-Auguste avait gravé au canif dans l'écorce d'un bouleau à feuilles jaunes leurs deux noms enlacés dans un cœur.

Charles-Auguste soudain sursaute. La violence de la poudrerie ne lui permet de voir qu'à une courte distance autour de lui. Les joues plissées par le froid, il s'aperçoit qu'il est environné d'arbres drus. Au cours des quelques instants qu'il vient de consacrer à l'évocation des jours heureux du passé, il a dû quitter la route pour dévier à travers champs. Il veut retourner sur ses pas mais la neige a fait disparaître les traces du tracteur. « Tabanak de vieille oreille de bœu ! » grogne-t-il en mordillant sa moustache. Il est égaré.

Le soir tombe. La panique s'empare de lui. Il sort de sa poche son flacon de gin, en avale une gorgée. Une lueur s'allume, loin, parmi les troncs blanchis comme des os.

Charles-Auguste reprend courage, s'approche de ce qui se révèle être un camp de bûcherons. Il frappe, pousse la porte et, à sa grande stupéfaction, il voit, accoudé à une table, près d'un gros poêle en fonte rouge de feu, nul autre que Ti-Louis Descôteaux, le légendaire champion portageux du Saint-Maurice. Et Ti-Louis, muscles tendus, tire au poignet avec un grand loup-garou au poil parcouru d'étincelles.

— Saint Sacripant d' sapinette verte ! crie Ti-Louis en apercevant notre habitant malingre qui ressemble à un spectre gelé, d'où c'est qu' tu sors par un temps pareil ?

— Tabanak... articule nerveusement Charles-Auguste, euh... Tabanak... euh... j'ai perdu l' nord...

Ti-Louis Descôteaux avait été en son temps le héros de la Mauricie. A cette rude époque, les compagnies de pulpe avaient commencé d'ouvrir des chantiers dans les concessions forestières de Mattawin, de La Croche et de Rivière-aux-Rats. Mais si le transport des billots coupés ne constituait pas un problème puisque la rivière tumultueuse se chargeait de les amener à destination, il n'en allait pas de même pour le matériel : outils, barils de farine, quarts de lard, provisions de toutes sortes, qu'il fallait monter jusqu'aux camps. Il y avait les passes dangereuses du Manigonce, de la Cuisse et du rapide Croche mais les obstacles les plus considérables étaient la chute des Piles, la chute de la Grand-Mère, le rapide des Hêtres et surtout la chute de Shawinigan haute de cent cinquante pieds.

C'est alors qu'était née la race de ceux qui furent appelés les « portageux ». A bord de leurs rabaskas, longs canots pouvant contenir six hommes et plus de trois mille livres de bagages, ces forts-à-bras, armés de perches ferrées, remontaient la rivière jusqu'au pied des chutes. Là, ils devaient charger toute la marchandise, y compris le canot, sur leurs dos et grimper jusqu'au sommet de l'obstacle. Pour accomplir ce travail de forçats, ils utilisaient une sorte de collier ressemblant à la bricole des chevaux, large bande de cuir appliquée sur le front de l'homme et retenant sur ses épaules une charge de cent cinquante à deux cents livres. Et encore, si le trajet s'était effectué sur un terrain plan, mais non, ce n'étaient que souches, pierres et trous de glaise.

Une nuit, tandis que les hommes de deux autres canots ronflaient sur le sol à côté de leurs feux presque éteints, Ti-Louis avait eu l'idée farfelue de devancer ses compagnons. Harassés par le labeur de la journée, tous reposaient endormis au bas de la formidable chute de Sha-winigan remettant au lendemain la corvée du portage. Alors Ti-Louis, se harnachant de son collier de cuir, se mit à gravir le raidillon. Butant contre les racines dans le noir, glissant dans des flaques de boue, il grimpa dix fois jusqu'au sommet du rocher transportant de la sorte plus de trois mille livres de matériel. A la fin, il éveilla ses cinq coéquipiers qui, stupéfaits par cet exploit, s'empressèrent de monter l'énorme canot en rigolant à l'idée de la surprise qui attendait, à l'aube, les dormeurs.

— Saint Sacripant d' sapinette verte ! lance Ti-Louis avec une voix capable d'ébranler les astres, enfin v' là un gars normal avec qui jaser.

Le dos voûté, comme tous les portageux, malgré sa haute taille, Ti-Louis s'avance vers Charles-Auguste, lui pose sur l'épaule une main dure comme fer de hache et rugueuse comme écorce de chêne. Puis il l'entraîne vers sa table et les deux hommes s'assoient l'un en face de l'autre.

— Monsieur Descôteaux, risque l'habitant, mon père m'a souvent parlé de vous (il n'ose pas dire qu'il croit Ti-Louis mort depuis près de cent ans), p'is i' m'a toujours parlé de vous en bien.

— Appelle-moé pas Monsieur, hurle le portageux ; icitte, dans l' bois, y a pas d' Monsieur, appelle-moé Ti-Louis comme tout l' monde. P'is toé, d'où c'est qu' tu sors par un temps d' poudrerie pareil ?

— Moé, c'est Charles-Auguste mon nom, Charles-Auguste Beausoleil. Chu un habitant du rang du Grand Saint-Esprit, arâ Nicolet, p'is j' veux d' mal à personne... V'là-t-i' pas que la nuit dernière le vieille oreille de vent du nord vient défoncer ma porte p'is qu'i' enlève ma femme, Marguerite qu'a' s'appelle, p'is là ben j' cours après l' vent du nord, p'is là ben j' me su'-t-écarté, p'is c'est comme j' vous dis j'ai perdu l' nord. Ça fait que là, si vous pourriez être assez bon pour m'aider à retrouver mon chemin, ça...

— Chu ben content d' te connaître, Charlie, l'interrompt Ti-Louis. Chu ben content d' ta visite. Ça doit faire pas loin d' cinquante, cent ans qu' j'ai pas vu un gars normal. Tiens, prends un coup.

Ti-Louis, déjà dangereusement ivre, lui tend un flacon de whisky. Dangereusement car la légende raconte que le champion portageux, au demeurant le meilleur homme du monde, a des accès de furie lorsqu'il lui arrive de se laisser emporter par la boisson. Charles-Auguste accepte le flacon et mordille sa moustache pour se donner une contenance car, à la lueur du fanal posé sur la table, la figure écarlate de Descôteaux lui apparaît pleine de nœuds et de stries telle une perche de cèdre au bois ravagé mais imputrescible. Et la frayeur de notre habitant s'accroît bien davantage lorsqu'il distingue dans l'un des coins du camp une autre table autour de laquelle treize loups-garous, également ivres, l'observent en compagnie de huit costauds en qui il reconnaît les tristement célèbres draveurs de la Chasse-Galerie.

— T'as perdu l'nord ? hurle Ti-Louis en repoussant sur le derrière de sa tête sa tuque de laine à pompon rouge, t'as perdu l'nord ? C'est pas grave. Ça laisse pas d'trace su' 'a patte d'la chatte ! Dans 'a vie, c'qui est grave c'est de r'trouver son chemin, Charlie, c'est ça qui est grave. Envoye, prends un coup, ça aide à perdre le nord... Une fois, en haut, dans les chantiers, j'jasais avec un turluteux, un gars qui inventait des chansons p'is qui faisait brailler les bûcherons en leur poussant des complaintes qui parlaient d'leurs blondes p'is d'leurs femmes, p'is d'temps en temps i'leur jouait une toune su' son ruine-babines... Tiens, c'est lui qui avait composé le reel des gigoteux. Ecoute ben ça.

Ti-Louis empoigne dans l'ombre un grand accordéon, se lève d'un trait et, titubant, jouant l'air endiablé du reel des gigoteux, il se met à danser avec fracas en frappant le plancher de la cabane avec les talons de ses bottes cloutées. Puis il lance l'accordéon dans un coin et s'assoit, la larme à l'œil.

— Excuse-moé, Charlie, renifle-t-il, excuse-moé, chu p'us l'géant qu'j'étais... Chu un homme fini, un homme fini... Moé qui portais sans faiblir des paquets d'trois cents livres, des paquets d'cinq cents livres dans mon collier d' portageux, aujourd'hui me v'là qui écrase en d'ssous du plus gros des paquets, en d'ssous du paquet qu'y a pas un chrétien d'homme pour transporter sans plier, mon Charlie, c' paquet-là c'est l' paquet des souvenirs, oui, mon Charlie, les souvenirs, ça ça pèse su' les épaules. Ça pèse tellement que même un gars bâti en porte de grange comme moé finit par s'effouèrer su' l' bord du sentier p'is par perdre le souffle... Tiens, prends un coup...

« Toujours que l' turluteux des chantiers d'en haut, reprend-il en s'essuyant le nez d'un revers de manche, j' lui avais dit comme ça, un soir qu'on avait pris un verre de trop... Ah ! la maudite boisson, Charlie, la maudite boisson ! c'est mon seul vice. J'espère que l' bon Dieu va m' pardonner ma faiblesse pour la boisson parce que l' bon Dieu, moé, je l' respecte, j' dis ma prière tous 'é soirs avant de m' coucher, moé. Ma force, Charlie, c'est l' bon Dieu qui me l'a donnée... Un jour, dans l' nord, en haut du lac Sorcier, arâ la rivière Misère, j' m'en v'nais en raquettes par un froid d'loup... »

Un draveur, qui mesure près de sept pieds, frappe du poing sur la table voisine. C'est Grand Sifflète, le chef d'équipe de la Chasse-Galerie. Sa tête et sa voix ressemblent à celles d'un corbeau. Il lance : « Ti-Louis, r' commence pas encore à t' lamenter p'is à raconter toutes tes vieilles histoires ou be don nous autres on sacre notre camp ! Laisse-lé pas faire, Charles-Auguste, si tu l'écoutes, i' va parler toute la nuitte ; quand i' est saoul i' est pas arrêtable. »

Ti-Louis, fou de rage, se tourne vers lui : « Toé, mon Sacripant d' Grand Sifflète, fourre ta langue dans ta poche parce que m'as t' couper l' sifflète, moé ! P'is si ça fait pas votre affaire, envoyez, sacrez votre camp, allez-vous-en que j' vous r'voye p'us jamais, bande de blasphémateurs, de sacrilèges... »

Les treize loups-garous et les gars de la Chasse-Galerie se lèvent pour partir.

— Non, non, supplie Ti-Louis, finissez votre partie de cartes. Tiens, v'là une cruche de mon meilleur whisky. Partez pas tout d' suite, i' est pas tard. Laissez-moé pas tout seul dans l' fond des bois. J' vous insulterai p'us, m'as essayer en té cas, bande de pas catholiques... Si c'est pas une pitié, Charlie, si c'est pas une pitié de m' voir réduit à passer mes veillées avec ces damnés-là. Mais qu'est-cé qu' tu veux j'ai pas l' choix tous mes chums du temps passé sont défuntisés, p'is j'ai p'us personne avec qui jaser p'is m'amuser p'is tirer au poignet p'is faire une p'tite partie d' cartes. Mais faut pas qu' tu m' juges su' 'é-z-apparences, Charlie, juge-moé pas, mon sapinette verte, ou be don j' te sacre dehors dans la poudrerie !

— J' vous juge pas, Ti-Louis, j' vous juge pas, bafouille Charles-Auguste redoutant l'humeur incohérente du géant ivre, j' vous juge pas, j' vous écoute avec mes deux oreilles, vieille oreille de bœu ! Contez-moé vos histoires, moé, j' les connais pas...

Rumeur de mécontentement du côté des loups-garous ; Charles-Auguste craint de s'en être fait des ennemis.

— Juge-moé pas, Charlie, continue Ti-Louis. Chu pas d' leur gang. Moé, chu du côté du bon Dieu. C'est l' bon Dieu qui m'a donné ma force. Un jour, j' passais en raquettes su' l' bord d' la rivière Misère. I' faisait un froid d' loup. Dans c' temps-là, tu m' croiras pas, mais j'étais maigre comme une queue d' quenouille, j'avais d' la peine à m' tenir debout. Mais v'là-t-i pas qu' j'aperçois un missionnaire à moitié gelé qui râlait l' dernier râlement su' la neige. I' m' dit : « Prends-moé su' tes épaules p'is ramène-moé jusqu'au campement. » J' lui réponds : « Chu pas capable, m'sieur l'abbé, chu trop faible. » « Essaye, qu'i' m' dit, l' bon Dieu va t' donner la force de sauver son serviteur. » J' commence à l' soulever, i' pesait pas plus qu'une plume de perdrix, je l' couche su' mes épaules p'is me v'là qui pars dans la poudrerie. Ben, tu l' croiras pas, Charlie, j'ai marché cent milles comme ça avec le missionnaire su' mes épaules, je l'ai ram'né au campement p'is là i m'a déclaré : « Mon garçon, pogne le chêne qui est là à bras-le-corps p'is jette-lé par terre. » « Chu pas capable, m'sieur l'abbé, que j' bafouille, chu un homme faible, j' tousse tout l' temps, j'ai pas d' force, les autres risent de moé, i' s' moquent de moé, i' m'appellent le feluette. » « Vas-y, qu'i' dit, la foi transporte les montagnes. » Ça fait que j'essaye, ben d'un seul coup j'arrache le gros chêne p'is je l' jette à terre. Là, i' m'a dit : « Pour te récompenser d' m'avoir sauvé la vie, tu vas être l'homme le plus fort du Saint-Maurice mais fais bien attention, si t'as l' malheur de sacrer, le bon Dieu va t'enlever ta puissance. » Ça fait qu'après ça chu devenu un géant mais jamais j'ai sacré p'is j'ai toujours dit partout que la force qu'i' avait dans moé c'était celle du bon Dieu, p'is j' peux pas tolérer les sacreurs p'is les blasphémateurs ! T'as compris, Grand Sifflète ? Mon Sacripant d' sapinette verte de Grand Sifflète ? Pas d' sacrage dans ma mai-

34

son ! Tiens, prends un coup, Charlie... Mais qu'est-cé qu' tu veux, à c'tte heure que tous mes chums sont disparus, emportés icitte et là par les poudreries du temps, j'ai p'us rien qu' ça c'tte gang de damnés roussis-là qui viennent veiller avec moé une fois par-ci par-là. Mais chu pas d' leur gang, hein, juge-moé pas !

— J' vous juge pas, Ti-Louis, j' vous juge pas, risque Charles-Auguste qui s'inquiète du temps perdu et pense à son épouse prisonnière du Géant du Nord. Moé itou, Marguerite m'a dressé à pas sacrer. J' lâche ben un « Tabanak ! » par-ci par-là pour laisser sortir la steam mais jamais plus... Ma pauvre femme... Vous sauriez pas, par hasard, comment j' pourrais faire pour retrouver la direction du nord ?

— Ah ! oui, c'est vrai, t'as perdu l' nord, reprend Ti-Louis qui commence de s'embrouiller dans son ivresse, écoute, comme j' te disais tantôt, j' te l'ai-tu dit ? j' m'en souviens pas... En té cas, v'là qu'une fois j' me trouvais dans les chantiers d'en haut, j' jasais avec un turluteux, p'is j' lui disais : « Où c'est qu'on va ? Où c'est qu' ça mène c'tte chat sauvage de vie-là ? » P'is lui i' m' répond avec sa voix coulante, sucrée comme d' la tire d'érable : « Ti-Louis, la meilleure boussole dans la vie c'est ton cœur. Tu suis l'aiguille de ton cœur p'is tu vas t' diriger vers ta bien-aimée, tu vas t'en aller drette su' le bonheur. » Me v'là la larme à l'œil comme de raison mais je reprends su' moé pis j' lui dis : « Non, c'est pas vrai, l' turluteux, c'est pas vrai ; moé, l'aiguille de mon cœur est comme l'aiguille d'une boussole p'is al' indique toujours le nord p'is si j' m'en vas devers le nord j' m'en vas devers la mort. »

« Ben c'était vrai en sapinette verte, Charlie, ma Sacripant d' boussole du cœur al' indique toujours drette devers la mort, ça fait que quand j' veux p'us la suivre, j' me mets à boire comme un pas bon p'is j' perds le nord, p'is j' veux p'us rien savoir de ce ch'min-là. Ça fait que si tu veux mon conseil d'ami, Charlie, pense-z-y p'us au nord p'is prends un coup avec moé. Envoye, prends un coup p'is reste icitte tant qu'-tu voudras, laisse-moé pas tout seul. Icitte, i' vient jamais d' visite... R'garde-moé, chu plus vieux qu' toé, j'ai fait pas mal de ch'min de plus que toé, p'is qu'est-cé qu' ça m'a donné ? Chu courbatu, chu raqué, chu un homme fini, un feluette, un pas capable... j' te dis qu'une vie, Charlie, c'est vite passé. T'arrives, tu fais què' ques sparages, un peu d' vacarme pour te faire remarquer, p'is tu pars, p'is tout ça ça laisse pas une grosse marque su' 'a patte d' la chatte...

« Quand on pense, renifle-t-il, qu'i' a pas si longtemps j'arrachais des arbres avec mes deux bras, j' cassais des pierres avec mes poings, j' cassais des vitres avec mon front, p'is j'avalais ça par poignées pour faire mon fanfaron devant les chums... dites-lui, vous autres, que c'est vrai !

— C'est vrai, c'est vrai, marmonne distraitement Grand Sifflète occupé à une partie de cartes avec les loups-garous qu'il soupçonne de tricher. P'is là i' va t' dire qu'à c'tte heure i' a l'estomac fragile, i' digère p'us rien. C'est vrai mais tes lamentations, Ti-Louis, on les connaît par cœur, ça fait cent fois qu'on les entend, t'es chanceux d' frapper un gars bonasse qui t'écoute sans s'endormir.

Ti-Louis dont la face écarlate devient terrible

à voir à la lueur fumeuse de la lampe à huile, ne prête pas d'attention aux propos de Grand Sifflète et continue :

— Un jour, Charlie, un gars comme moé, un gars habitué à portager des cinq cents livres d'une chute à l'autre sans faiblir, un gars comme moé, v'là-t-i' pas qu'i' arrive au pied d'une chute qu'i' a jamais rencontrée, p'is là, ben, i' s' rend compte qu'i' lui reste p'us assez d' forces. I' essaye de monter, i' prend tout son barda, tous ses cossins p'is son paquet d' souvenirs, i' pa-qu'te tout ça dans son collier d' portageux p'is i' s' dit : « Faut que j'passe par-dessus ça c'tte sapinette verte de grand' chute-là. I' essaye, i' glisse, i' r'tombe jusqu'en bas, i' essaye encore jusqu'à temps qu'i' comprenne que ça, c'tte chute-là, c'est la chute de la mort, comprends-tu ? p'is ça, la chute de la mort, i' a pas un gars, pas même un géant comme moé avec la force du bon Dieu dans lui, pas un seul qui est capa-ble de grimper jusqu'en haut p'is d' continuer son chemin de l'autre côté... Un gars comme moé, ça devrait vivre mille ans ! Là, j'ai quand même tenu le coup plus longtemps qu' les autres, mais j' sens qu' ma fin approche. J'ai pourtant rien fait d' mal pour tomber en ruines, sanglote Ti-Louis en laissant rouler sa tête énor-me sur la table de bois tandis que la poudrerie, dehors, hurle en déchaînée faisant craquer les poutres de la cabane.

Ti-Louis soudain ouvre des yeux dilatés par l'alcool et crie : « Je l'entends ! Le v'là qui re-vient ! C'est lui qui vient m' tourmenter encore ! Chu pas prêt, sapinette verte ! Chu pas prêt, p'is tu m'emporteras pas dans ton tourbillon blanc ! » Il attrape une chaise par le dossier et la lance contre le mur où elle se brise en éclats.

— Qui c'est qui vient ? interroge peureusement Charles-Auguste.

— Le Vent du Nord, répond-il d'une voix sinistre, le Vent du Nord qui veut m'emporter mais i' va voir qu' i' m' reste encore d' la résistance dans l' corps. Tiens, prends un coup, Charlie... J'ai pourtant rien fait de mal, moé, à part que ma faiblesse pour la boisson.

« Eux autres, — il désigne les étranges compagnons de la table voisine —, eux autres, c'est pas pareil, les loups-garous c'est des gars qui allaient jamais à l'église, qui faisaient pas leurs Pâques, le bon Dieu les a punis, i' les a changés en loups p'is leur poil pétille comme les flammes de l'enfer. Y a une justice, j'ai rien à dire de contre ça.

« Les gars de la Chasse-Galerie, eux autres, c'est des draveurs qui s'ennuyaient dans les camps du nord, p'is quand i' voulaient aller voir les créatures pour jouer aux fesses, i' enlevaient leurs scapulaires, leurs chapelets p'is leurs médailles cousues après leurs sous-vêtements par leurs femmes, i' signaient un pacte avec le démon, p'is i' montaient en nombre pair dans un grand canot d'écorces, p'is le diable les transportait à travers ciel jusque dans les villages où c'est qu' i' trouvaient des filles de mauvaise vie. Tout c' qu' i' avaient à faire c'était d'avironner avec précaution pour pas accrocher les clochers d'églises, p'is, un bon soir, i' étaient tellement saouls qu' i' en ont frappé un drette dans la pointe du canot, p'is là i' s' sont mis à virer sans d'ssus d'ssous comme dans un remous, p'is i' ont naufragé, p'is i' sont tombés dans l' fin fond d' l'enfer. Y a une justice...

— Saint Ciboire d'Hostie cuite ! lance Grand Sifflète de sa voix de corbeau, Ti-Louis j' veux p'us t'entendre baver su' nous autres. Tu racontes l'histoire à ta façon, t'étais pas là quand ça s'est produit.

— Ferme ta gueule ! M'as t' couper l' sifflète ! hurle Ti-Louis.

— J' la fermerai pas ma gueule, Ti-Louis, reprend Grand Sifflète, ton invité a l' droit d' connaître la vérité, p'is la vérité c'est qu'nous autres, l'hiver p'is l' travail de forçats dans les chantiers on en avait plein notre casque, entends-tu ? P'is on voulait s'amuser un peu dans c'tte maudite vie frette. Les curés disaient aux hommes de pas toucher aux femmes avant l' mariage, ça fait qu' les gars étaient obligés de s' faire des nœuds dans la queue, o.k ? P'is après ça, quand les gars étaient mariés, les curés leur disaient de pas jouir avec leurs femmes, de pas les toucher à moins que pour faire des enfants, ça fait qu' les gars i' s' faisaient encore des nœuds dans la queue, o.k. ?

— M'as t' couper l' sifflète, mon sapinette, grogne Ti-Louis, frémissant de colère.

— Laisse-moé parler, reprend Grand Sifflète, debout, la cruche de whisky au bout du bras. P'is là, les gars qui avaient jamais l' droit d' toucher aux femmes i' leur venait l'envie d' prendre un verre pour oublier mais les curés leur disaient d' pas prendre de boisson, ben là, Crucifix de bois, i' leur prenait l'envie d' tirer un coup, rien qu'un p'tit coup par-ci par-là avec une créature qui avait pas peur des fesses mais les Hosties d' curés leur disaient qu'i' étaient pour dégringoler drette aux enfers. Ça fait qu' là, les gars, si i' voulaient écouter les curés jus-

qu'au boutte, i' leur restait rien qu'à s' couper
la queue d'un coup de hache p'is à s'en aller aux
vêpres chanter des cantiques d'église avec des
p'tites voix de gars qui ont p'us d' sifflète entre
les deux cuisses, o.k. ?

— Pas d' sacrage dans ma cabane, rugit Ti-
Louis plus écarlate que le gros poêle en fonte.

— Ça fait qu' nous autres on en avait notre
Calvaire de voyage de pas avoir le droit d' s'amuser dans c'tte Hostie d' pays frette-là, ça fait
qu'on s'est dit : « Si i' a rien que le yable qui
sait rire icitte, ben on va aller rire avec le yable
parce que si on s' grouille pas on va mourir
betôt p'is on n'aura pas ri une Saint-Chrême de
fois dans notre Ciboire de vie frette ! »

« A part de ça, Charles-Auguste, notre nau-
frage ça s'est pas passé pantoute comme Ti-
Louis l'a dit. Tu comprends ben qu' nos voyages
en canots volants ça avait fini par se savoir p'is
que les grenouilles de bénitiers s'étaient réunies
un peu partout pour trouver un moyen d' nous
arrêter. Ça fait que, v'là-t-i' pas qu'au village de
Sainte-Etrète, la Confrérie des punaises de sa-
cristie avait fini par faire fabriquer un clocher
spécial qui s'allongeait p'is, chaque fois qu'on
passait par là, le curé nous guettait, l' vlimeux !
Ça fait qu'une nuitte qu'on avait fêté un peu
fort, on avironnait du mieux qu'on pouvait mais
on était distraits en songeant aux p'tites mères
qu'on venaient d' quitter p'is c'est là que l' curé
a halé sur son câble p'is que l' clocher s'est étiré
p'is qu'i' a percé la pointe de notre canot. C'est
pas d' notre faute à nous autres !

Ti-Louis se dresse, titubant. Il empoigne la
table et la lance en direction de Grand Sifflète
qui l'évite de justesse. Alors Ti-Louis s'élance

et veut frapper en pleine figure l'un des loups-garous au poil d'étincelles mais Charles-Auguste, sans réfléchir, s'interpose : « Touche-z-y pas, Ti-Louis, tu sais ben que pour tuer un loup-garou i' faut avoir des balles bénites p'is porter un trèfle à quatre feuilles sur le cœur ! »

— T'as raison, Charlie, t'as raison, marmonne le géant qui retourne s'asseoir et vide un autre flacon.

Les loups-garous, ricanant, s'aiguisent les griffes avec une lime, et retournent à leur table tandis que Grand Sifflète continue :

— Ecoute, Charles, si tu veux lutter contre la mort, i' va falloir que tu t' ranges de notre bord. T'auras pas l' choix. A partir du moment qu'un gars i' se met à picosser l' temps, i' finit toujours par être obligé d' picosser le Responsable d' la mort. Nous autres, c'est pas contre la mort qu'on est révoltés, c'est contre le Responsable (Charles-Auguste se signe). Depuis plus de cent ans, les loups-garous p'is nous autres on travaille en d'ssous des Vieilles Forges, dans les anciennes mines de fer, on travaille assez dur que le sol en chauffe, on prépare des armes, des obus, p'is quand on va être prêts on va partir en guerre contre le Responsable p'is on va avoir notre revanche.

— Allez-vous-en ! crie Charles-Auguste, allez-vous-en, bande de vieille oreille de renégats, bande de protestants communisses ! Chu pas d' votre gang. J' m'en vas lutter tout seul. Tout c' que j' veux, moé, c'est r'trouver ma femme, p'is r'tourner dans ma maison m'asseoir tranquille dans ma berceuse au coin du feu. Allez-vous-en ! J'ai rien à voir avec vous autres !

Et Charles-Auguste se met à trembler de peur

en entrevoyant les dimensions imprévues que risque de prendre cette aventure dans laquelle il s'est peut-être trop spontanément engagé.

Ti-Louis soudain se dresse en poussant un cri capable d'ébranler les astres. Il court coller sa face cramoisie aux carreaux, revient au centre de la cabane et se met à tout briser : chaises, tables, lit, il lance tout par la fenêtre en hurlant : « Le Vent du Nord ! Le Vent du Nord s'en vient m' chercher ! I' m'aura pas, Saint Sacripant d' sapinette verte ! I' m'aura pas ! »

Devant un tel accès de violence, les loups-garous quittent rapidement le camp. Les bûcherons de la Chasse-Galerie sortent également. Grand Sifflète glisse à l'oreille de notre habitant : « On finira ben par se revoir, mon Charles », et les huit hommes, après avoir prononcé les paroles magiques :

« Satan, roi des enfers,
Enlève-nous dans les airs !
Par la vertu de Belzébuth,
Mène-nous droit au but !
Acabris, acabras, acabram,
Porte-nous par-dessus les montagnes ! »

montent dans un grand canot de fer — pour parer aux naufrages, en effet, ils voyagent maintenant dans des embarcations de fer — qui s'élève dans les airs, un grand canot de fer qu'ils actionnent avec des éclairs en guise d'avirons.

Vent du Nord s'engouffre par la porte. Ti-Louis cherche à l'empoigner à bras le corps mais, n'y parvenant pas, il saisit à pleines mains nues le gros poêle chargé de braise et, le balançant à bout de bras comme un soleil, il le projette dans ce qui lui paraît être la figure hagarde de l'Hiver. Le paysage alors se met à basculer, à tournoyer comme un remous, la poudrerie prend l'allure d'une sorte de typhon et Charles-Auguste, agrippé à son tracteur, est emporté à travers ciel dans un tourbillon blanc.

Charles-Auguste parvient avec beaucoup de difficultés à se hisser sur le siège de son tracteur-souffleuse et s'y cramponne. « Au secours ! Au secours, vieille oreille de bœu ! Laissez-moé pas tout seul dans l' vide ! » Plusieurs flocons du tourbillon qui le charrie sens dessus dessous à travers l'espace se condensent en une boule blanche et Charles-Auguste se retrouve sur une petite planète de neige tournant à folle allure. Réunissant tout son courage, il descend du tracteur qu'il retient d'une main puis il enfonce comme des grappins les doigts de son autre main dans la surface de la planète de neige. « Au secours ! Au secours, vieille oreille ! » Le voici seul, seul dans la blancheur éternelle, seul, agrippé de tous ses nerfs à cette petite sphère de neige qui, emportée à une vitesse démente, menace à chaque instant de le catapulter à tout jamais dans le néant.

La boule blanche soudain s'arrête net. Elle repose dans la paume d'une main gigantesque dont chaque doigt peut avoir la dimension rugueuse d'un jeune pin. Charles-Auguste, éberlué, regarde vers le ciel où il aperçoit un œil énorme qui l'observe, puis la main s'abaisse jusqu'au sol et y dépose l'habitant près d'un pied nu si grand qu'il ressemble à une colline.

— Toé, mon esquelette frette, tu l'as échappé belle en tabarouette, lance une voix de femme. Un peu plus p'is Edouard t'aplatissait comme une mouche. Y a toujours des outardes, des canards sauvages, des nuages qui s'pognent dans ses cheveux, p'is ça l'agace. Des fois, i' attrape même des avions quand i' lui bourdonnent autour d' la tête : i' prend ça pour des taons. Quand c'est des avions de passagers j' lui dis d' les laisser filer mais quand c'est des avions militaires j' lui crie : « Ecrase ! » p'is i' les écrapoutit au sol. Là, i' a dû penser qu' t'étais un maringouin, i' t'a attrapé au vol, p'is t'as été chanceux qu'i' t'aperçoive à temps parce qu'autrement i' t'aurait éffouëré.

— Bleu... meu... eu... eu... eu... da... a... a..., approuve le gigantesque personnage qui vient de lui sauver la vie.

Charles-Auguste recule d'épouvante en parcourant du regard cet être étrange dont il estime la stature à plus de trois cents pieds de hauteur. La présence de ce colosse, pieds nus dans la neige, vêtu d'un paletot noir, et qui porte sur sa tête à cheveux longs un haut-de-forme noir, aurait eu de quoi pétrifier de terreur, mais Charles-Auguste, en l'observant, reconnaît avec émotion le fameux géant Edouard Beaupré dont les exploits légendaires ont jadis hanté ses rêves d'enfant.

Puis Charles-Auguste, frottant ses yeux frimassés, cherche la provenance de la voix de femme entendue plus tôt. Il aperçoit, derrière

45

le géant, une grande charrette à foin dans laquelle est posée une cage de fer qu'il identifie avec la plus extrême frayeur. « Ah ! ben, tabanak de vieille oreille, j'aurai tout vu », marmonne-t-il en mordillant sa moustache, et, sortant de sa poche de chemise son flacon de gin, il en avale coup sur coup plusieurs gorgées.

C'est la cage de la sorcière Corriveau !

Charles-Auguste se signe à trois reprises, et, sentant claquer ses os sous sa peau, il parvient à crier : « Arrière ! Arrière ! Démone ! Arrière ! Femme damnée ! Possédée du Malin qui couches avec le yable p'is les loups-garous par les nuittes de pleine lune... Femme maudite qui rouvres les cercueils p'is qui manges les cadavres des pauvres défunts enterrés sans sacrements... Ça fait deux cents ans que les juges t'ont pendue à une branche d'arbre dans ta cage de fer p'is t'es pas encore morte ?... J' sais ben pas dans quelle sorte de cauchemar que me v'là embarqué, vieille oreille de bœu, mais i' sera pas dit que j' vas m'avoir laissé faire comme les sept maris que t'as étranglés dans l'ancien temps, ma vieille oreille de démone ! »

Ce disant, l'habitant saute sur son tracteur rouge, met en marche la souffleuse et fonce vers la charrette avec l'intention de pulvériser la sorcière dans les spirales grinçantes de son engin. Mais le géant Beaupré se penche et introduit l'un de ses doigts dans la machine qui s'arrête net. Puis il prend dans sa main le tracteur et son conducteur, les secoue à cent pieds au-dessus du sol et les redépose par terre en disant : « Bleu... eu... eu... da... a... da... ».

Alors Charles-Auguste figé d'horreur, ne comprenant rien à ce comportement, regarde la sorcière qui rit. « Si ma pauvre femme pouvait me voir, pense-t-il... pourtant, c'est pour la retrouver que chu parti dans ce voyage de fou-là... ma pauvre femme (et il la revoit à l'époque de leurs fréquentations, toute menue dans sa longue robe blanche, les bras chargés de foin d'odeur, et ressemblant, à cause de ses cheveux jaunes dénoués jusqu'aux reins, à l'une des fleurs sauvages qu'elle cueillait par les prés)... ma pauvre femme (il a l'impression soudain que les flocons tournoyant dans l'air sont des pétales de marguerites)... ah ! la maudite boisson ! Ma femme avait donc raison de pas vouloir que j'en boive une goutte... J' s'rais-tu damné, par hasard ? Me v'là-tu que j' s'rais rendu dans les enfers à côtoyer des loups-garous p'is des suppôts de Satan ? »

Il regarde la sorcière Corriveau qui rit. Et plus il la regarde, plus le vertige s'empare de son esprit. D'abord, son père lui a raconté que la Corriveau, après le jugement du tribunal, avait été enfermée dans une cage composée de cercles de gros fer feuillard enserrant les chevilles, les genoux, les poignets, la taille, le cou, la tête, une cage forgée selon les formes de la meurtrière. Et voici qu'il a devant lui, sur la charrette, une geôle de fer ressemblant à une cage d'oiseau. Pis encore, la tradition avait toujours dépeint la Corriveau sous les traits d'une vieille sadique momifiée par les vents d'hiver, et voici qu'il a devant lui, dans l'espèce de cage d'oiseau, une très jolie jeune femme rousse d'une vingtaine d'années, bien en chair, riant aux éclats.

— D'où c'est qu' tu sors, esquelette frette ? demande-t-elle.

47

— Essaye pas de m' tromper, marmonne-t-il en mordillant sa moustache frimassée et en repoussant d'un geste nerveux sa casquette de feutre à oreilles sur le derrière de sa tête, essaye pas de m' tromper, ma démone... Mon nom d' baptême c'est Charles-Auguste, Charles-Auguste Beausoleil. Chu un habitant catholique du rang du Grand Saint-Esprit, arâ Nicolet, j'ai toujours fait mes Pâques p'is j' cherche ma femme, Marguerite, qui a été enlevée par le vent du nord.

— Allume du feu, Edouard, dit la Corriveau, tu vois ben que c' gars-là tremble comme une poule mouillée.

Le géant Beaupré arrache dix ou douze épinettes, les brise entre ses doigts, allume une grande flambée. Il dit : « Bleu... eu... da... gueval... », prend d'une main un gros cheval de six cents livres qu'il porte sur son épaule et le dépose sur le sol. Puis il s'assoit et approche des flammes ses pieds immenses. Alors la Corriveau, emmitouflée dans un manteau de chat sauvage, commence d'une voix posée le récit de sa vie.

Elle indique d'abord qu'ils se trouvent actuellement non loin du village de Tête-à-la-Baleine, dans les solitudes de la Côte Nord. Chaque fois que le géant Beaupré l'interrompt par son étrange plainte : « Bleu... eu... da... a... deu... a... da... », elle l'écoute, semble comprendre ce langage et traduit.

— I' est comme un enfant, dit-elle. C'est la douceur même. I' est trop grand, c'est ben sûr, mais c'est pas d' sa faute. I' m'a raconté que, quand i' était p'tit, un cheval lui a rué en pleine face, p'is, comme i' avait les pieds collés sur une grosse chique de gomme à mâcher, ses pieds sont restés collés à terre p'is lui i' s'est mis à

48

s'étirer, p'is après ça i' est demeuré tout étiré, p'is sa cervelle est restée détraquée par la ruade. Mais, dans c' qu'i' bafouille, j'en prends p'is j'en laisse... Moé, on m'a raconté qu' sa mère, une Indienne de Saskatchewan, qui avait pas eu d' chance dans sa vie, était tellement inquiète de l' mettre au monde qu' a' s' résignait pas à l' laisser sortir de son ventre. Ça fait qu'al' en a accouché tranquillement, p'tit à p'tit, pendant sept jours p'is sept nuittes, p'is c'est comme ça qu'i' s'est étiré p'is qu'i' est devenu aussi grand... A trois ans, i' s' promenait déjà à cheval, mais, à treize ans, i' était p'us capable parce que les pieds lui traînaient par terre. Ça fait que, quand i' a vu ça, i' a mis son cheval sur son épaule, p'is, depuis c' temps-là, i' l' transporte partout où c'est qu'i' va. Faut pas toucher à son cheval parce qu'i' l'adore.

— Bleu... eu... da... a... gueval, approuve le géant en caressant la croupe de l'animal.

— En té cas, reprend la Corriveau, i' a peut-être les esprits dérangés mais i' est ben fin. Y a rien qu' lui qui m'a prise en pitié. J'étais là, moé, depuis deux cents ans, suspendue dans ma cage à une branche d'arbre à la Pointe Lévi, près de la fourche des chemins de Lauzon p'is de Bienville, j'étais là, toute momifiée par les vents froids, p'is le monde, quand i' venaient écornifler arâ ma cage, i' m' lançaient des roches, c'tte bande d'esquelettes frettes-là ! P'is, un bon jour, Edouard est passé par là, en traînant sa grande charrette vide par derrière lui, p'is i' m'a vue. I' a chassé l' monde, i' a décroché ma cage, i' m'a fait cadeau d'un manteau de chat sauvage, i' m'a apporté à manger, j' me su's renippée, p'is, depuis c' temps-là, i' m'emmène partout avec lui. I' m'a aussi donné un grabat, des couvertures p'is un coffre rempli d' nourriture. Tiens, regarde, j'ai même une cruche de sirop d'érable, veux-tu y goûter ? Des fois, j' fais des galettes de sarrazin p'is lui i' adore les arroser de sirop.

« Y a juste une affaire c'est qu'i' m' laisse jamais sortir mais i' est ben fin quand même. L'été, i' m' cueille des bouquets de fleurs. Chu mieux icitte qu'accrochée à mon arbre, c'est garanti. I' m' laisse jamais sortir parce qu'i' a peur que j' me sauve... I' a peur de rester tout seul...

« I' est comme un enfant, vois-tu, i' s'promène partout, i' sait pas où c'est qu'i' va. I' cherche què'que chose ou ben quelqu'un mais i' sait pas c' qu'i' cherche... I' est tellement pas méchant que moé, chu contente d'être avec lui pour lui tenir compagnie p'is pour l'aider à faire son chemin dans la vie parce que, tout seul, i' saurait pas trop comment s' diriger...

Charles-Auguste, assis près du feu, écoute, éberlué, les propos de celle qu'on lui a toujours dépeinte sous les traits d'une sorcière hideuse, et sa terreur, peu à peu, fait place à une intense curiosité à mesure qu'il regarde cette petite femme rousse enfermée dans sa cage d'oiseau. « En té cas, pense-t-il, si chu aux enfers, j' comprends p'us rien pantoute. C'tte vieille oreille d'ensorceleuse-là a pas l'air d'être si malfaisante que ça... »

— Bleu... eu... da... a..., dit soudain le géant en approchant son doigt énorme des pieds de Charles-Auguste qui sursaute.

— I' dit qu' t'as des ben belles bottines, traduit la Corriveau. Si un jour on passe en ville, faudra que j' lui fasse fabriquer une paire de bottines de feutre comme les tiennes. J' lui ai toujours dit qu' ça avait pas d' bon sens de s' promener nus pieds dans 'a neige. Mais i' m'écoute pas p'is i' tousse tout l' temps... Des fois, même, i' crache le sang. I' va finir par tomber malade grave si i' écoute jamais mes conseils.

Mis en confiance par cette bonne intention de la sorcière, Charles-Auguste, s'enhardissant, risque : « En té cas, euh... la Corriveau... En té cas... »

— Appelle-moé pas la Corriveau, esquelette frette, chu pas un monstre. Mon nom c'est Marie-Josephte. Chu une femme comme les autres, chu pas un monstre... P'is, quand ben même qu' ça s'rait vrai que j'aurais tué mon mari, ça fait deux cents ans que j'expie c'tte faute-là, p'is i' m' semble que j'ai été assez malheureuse dans ma cage de fer pour mériter un peu d' pitié de ta part... C'est pas vrai que chu un monstre, répète-t-elle avec un sanglot dans la gorge.

Charles-Auguste, ému malgré lui, profite de cet instant de faiblesse de la sorcière pour reprendre de l'assurance et la sermonner un peu : « En té cas, Madame Corriveau... euh... Marie-Josephte... vous... tu peux minauder tant qu' tu voudras pour essayer de m' faire bonne impression ou de m'enjôler, tu m' feras quand même pas oublier qu' t'as tué de sang-froid tes sept maris ! I' en a un, tu lui as planté une aiguille dans l' cœur ; l'autre, tu lui as vidé du plomb fondu dans l'oreille ; l'autre... »

— T'as pas l' droit d' m'accuser d'horreurs pareilles ! s'emporte la jeune femme en secouant les barreaux de sa cage, et sa chevelure rousse frémit comme des flammes. T'as pas l' droit, Charles-Auguste, t'étais pas là quand ça c'est produit !...

« J' me su's mariée à seize ans, j'ai eu trois enfants, p'is mon premier mari je l'aimais ben gros... Quand i' est mort des pestes putrides, je m' su's remariée avec Louis Dodier, p'is c'est là que ça s'est mis à mal marcher. Louis Dodier, i' était toujours saoul, p'is i' passait son temps à fesser sur moé. Je l'ai dit aux juges pendant l' procès mais ça, c'était juste après la Conquête, ça fait qu' les juges i' ont pas compris un esquelette frette de mot parce qu'i' parlaient rien qu'en anglais, tabarouette !

« A Louis Dodier, j' lui disais tout l' temps : « Un homme, i' a pas l' droit d' fesser sur une pauvre femme sans défense ! Frapper sur une femme c'est comme frapper sur une fleur. Méfie-toé, Louis Dodier, que j' lui répétais souvent, méfie-toé parce que les roses ont des épines ! » I' m'a pas écoutée, p'is i' s'est pas assez méfié, c'est tout...

« A part de ça, moé, des enfants, j'en voulais p'us. Lui, quand i' était saoul, i' sautait sur moé p'is i' m' forçait, i' m' faisait mal. Une bonne fois, j'en pouvais p'us, chu allée voir le curé. I' m'a dit : « Fais ton devoir, ma fille, fais ton devoir. Pense pas rien qu'à toé. Oublie pas que la soumission c'est la plus belle vertu d'une femme. La vie c'est pas une partie de plaisir, créature égoïste, la vie c'est une vallée de larmes. Plus que tu souffres ici-bas, plus que tu vas être ben de l'autre côté. »

« Ça fait qu' là, une nuitte d'hiver que Louis Dodier avait sauté sur moé comme un cochon

52

p'is qu'i' m'avait battue à coups d' poings, à coups d' pieds, j'ai perdu la tête, p'is là ben j'étais comme folle, p'is là ben j'ai attrapé une p'tite hache, p'is j' lui en ai envoyé des coups en pleine face p'is là ben i' était mort, p'is j' savais p'us quoi faire, p'is je l'ai traîné jusqu'à l'écurie, p'is le lendemain matin j'ai dit au monde que Louis i' s'était fait ruer par son cheval... P'is là ben i' m'ont pas crue, p'is i' m'ont amenée chez les juges, p'is les juges i' parlaient rien qu'en anglais, p'is moé j' comprenais rien, p'is i' m'ont traînée jusqu'aux Buttes à Nepveu, arâ les Plaines d'Abraham, p'is là ben i' m'ont pendue dans une cage en fer comme que si j'aurais été un monstre ! Chu pas un monstre, esquelette frette ! Chu pas un monstre ! Chu rien qu'une pauvre malheureuse ! Chu pas un monstre, moé, chu pas un monstre...

La Corriveau, au bord de la crise de nerfs, pleure maintenant à gros sanglots, sa tête rousse enfouie dans son manteau de chat sauvage. La poudrerie, tombant brutalement des montagnes désolées de la Côte Nord, vient danser insensible autour de la cage et Charles-Auguste se prend à penser que peut-être, ailleurs, très loin, sur d'autres étoiles, d'autres femmes, effondrées de détresse, pleurent ainsi, toutes seules, face au grand noir de l'univers.

Alors il s'approche de la charrette, sort de sa poche son large mouchoir à pois et, mû par une attirance inexplicable, passant la main entre les barreaux de la cage, il essuie les yeux de celle qu'il n'appelle plus maintenant que Marie-Josephte. Le géant Beaupré ronfle, son cheval recroquevillé sous son aisselle. Charles-Auguste, s'avançant à pas prudents, fouille dans la poche de l'immense manteau couleur de nuit, en sort une clé et, n'écoutant que son bon cœur, il ouvre la porte de la cage de fer.

Charles-Auguste et la Corriveau, se rapprochant du feu, attisent les braises et, malgré le vent qui souffle dru, ils causent jusqu'aux premières lueurs de l'aube. Charles-Auguste parle longuement de sa femme, du combat qu'il mène depuis tant d'années contre les forces de l'hiver et de la mort puis, finalement, épuisé par son aventure, il s'endort, pelotonné, bien à l'abri dans une sorte de tente qu'il se fabrique à même l'étoffe d'un repli de pantalon du géant Beaupré.

A son réveil, le géant, balançant au bout du poing la cage de fer vide, pousse une longue plainte semblable à celles que font entendre les loups. Charles-Auguste sursaute, se frotte les paupières, regarde autour de lui : la Corriveau a disparu.

De peur d'être écrasé comme une mouche par le géant dont il redoute à juste titre la colère, il rampe sous son tracteur. « Ah ! la démone, la démone ! marmonne-t-il, a' m'a fait une scène de larmes pour que j' lui ouvre sa cage p'is aussitôt que j'ai été endormi al' en a profité pour sacrer son camp. La vieille oreille de démone ! » Et Charles-Auguste frémit à la pensée que lui, un habitant catholique du rang du Grand Saint-Esprit, a pu être assez bête pour se laisser enjôler jusqu'à délivrer cette femme maudite entre toutes, cette suppôt de Satan que les juges de jadis avaient eu la sagesse d'enfermer dans des chaînes et des cercles de gros fer feuillard. Il portera à jamais la honte d'avoir laissé courir en liberté cette damnée d'enfer dont le seul nom a terrifié des générations d'ancêtres. « Tabanak de vieille oreille de bœu ! Dans quelle sorte de pétrin que j' me su's fourré là ? J' dois être saoul, c'est certain, maudite boisson ! Ou be don chu en train d' faire le plus pire des cauchemars de ma vie. Marguerite ! crie-t-il, Marguerite ! réveille-moé avant que j' vienne fou à lier ! » Mais personne ne l'éveille et il craint d'avoir attiré l'attention de Beaupré en appelant sa femme à son secours.

Le géant toutefois se soucie bien peu de lui. Balançant la cage à bout de bras, il hurle de douleur : « Meu... eu... eu... da... a... a... o-i-veau... meu... eu... iveau ! » Et au lieu d'entrer dans une rage effroyable il s'effondre sur le sol, se roule dans la neige puis s'assoit en pressant sa pauvre tête entre ses mains énormes. Son haut-de-forme noir est tombé par terre, ses longs cheveux recouvrent son visage et soudain des larmes larges comme des étangs coulent le long de ses joues.

Charles-Auguste, évitant de justesse d'être noyé par l'une de ces larmes, se rappelle que la Corriveau lui a parlé du caractère très doux du gigantesque personnage. « I' est comme un enfant », avait-elle dit. Il sort son flacon de gin de sa poche, en avale une gorgée et, réunissant tout son courage, il crie : « Monsieur Beaupré ! Euh... Monsieur le géant... Euh... C'est pas moé... Chu pas coupable... Mais faites-moé confiance on va la r'trouver. A' peut pas être allée ben loin par un temps pareil. M'est avis que si vous m' leviez au bout d' votre bras, j' pourrais peut-être la voir courir dans le lointain ! »

Le géant, égaré par le chagrin, paraît fort surpris de la présence de l'habitant. Il le regarde longuement avec ses yeux immenses puis il semble avoir compris et il soulève presque jusqu'aux nuages Charles-Auguste qui a le souffle coupé par cette brusque ascension. Le vertige s'empare de lui et, comme il neige à plein ciel, il lui est impossible de distinguer quoi que ce soit dans l'immensité blanche. Aussi supplie-t-il rapidement qu'on le redescende au niveau du sol. Mais il n'y reste pas longtemps car le géant Beaupré, reprenant son chapeau, déposant son gros cheval sur son épaule et traînant sa charrette à foin, se met en marche après s'être emparé de Charles-Auguste et de sa souffleuse et les avoir enfermés dans son poing. L'habitant croit d'abord sa dernière heure venue mais il s'aperçoit que le géant, au lieu de le broyer comme un maringouin, retient ses doigts suffisamment ouverts pour lui permettre de se mouvoir à l'aise et de respirer. Au bout d'un moment, Charles-Auguste, rassuré, apprécie même la bonne chaleur de cet abri puis, grimpant d'une phalange à l'autre, il se risque à sortir la tête entre le pouce et l'index repliés de l'énorme main.

Comprenant que Beaupré l'emmène avec lui à la recherche de la sorcière Corriveau, il accepte son sort et regarde autour de lui les hautes montagnes couvertes de pins qu'enjambe le géant. Afin de se donner une contenance et d'inspirer confiance, l'habitant à moustache frimassée entreprend de raconter au fantastique personnage les péripéties de son aventure. Il lui parle longuement de sa femme enlevée par le vent du nord et de son désir d'en finir avec la mort et le froid. A la fin, réfléchissant à l'aide que pourrait lui procurer un compagnon de cette taille, il va même jusqu'à promettre à Beaupré de lui faire fabriquer par le cordonnier de Nicolet une paire de bottines de feutre si ce dernier a l'amabilité de lui prêter main-forte dans sa lutte contre les maléfices de l'hiver.

S'éloignant du village de Tête-à-la-Baleine, Beaupré se dirige vers Blanc-Sablon puis il oblique vers Goose Bay et semble décidé à remonter jusqu'à la pointe du Labrador. Charles-Auguste, bien au chaud dans la paume du géant, finit par se réjouir de la tournure des événements et, espérant que son compagnon a oublié la Corriveau, il se répète qu'à cette allure il ne va pas tarder à atteindre le Pôle.

Au bout de plusieurs jours pourtant, le géant s'assoit sur le sol gelé, se remet à verser des larmes larges comme des étangs et à pousser des plaintes qui font fuir au galop des troupeaux de caribous : « Eu... eu... eu... iveau ! O-o-iveau ! O-iveau ! »

Charles-Auguste attend patiemment la fin de la crise mais le géant s'avère inconsolable. Alors l'habitant, dépité, comprend que Beaupré n'ira pas plus loin tant qu'il n'aura pas retrouvé sa monstrueuse amie. Le géant, d'ailleurs, se relève, repart en sens inverse et retourne jusqu'au village de Tête-à-la-Baleine. Il continue même un peu plus bas et, à Natashquan, obéissant à une impulsion, il saute à pieds joints par-dessus les eaux du fleuve et retombe parmi les forêts de l'Ile d'Anticosti. Là, arrachant les arbres, jetant la panique parmi les orignaux et les chevreuils, il hurle : « O-iveau ! O-iveau ! » et soulève les montagnes pour en examiner le dessous.

Charles-Auguste, redoutant qu'un si grand désarroi ne finisse par troubler complètement l'esprit du malheureux, risque, bien à contrecœur, une proposition. Depuis la fuite de la sorcière, notre habitant futé a bien sa petite idée, en effet, mais pour rien au monde il ne veut retrouver la créature damnée qui s'est si bien jouée de lui. Il se dit : « Si l'assassin retourne toujours sur le lieu de son crime, la Corriveau doit être allée faire des mauvais coups dans son village de Saint-Vallier-de-Bellechasse... »

Il n'a pas sitôt confié ce raisonnement au géant que celui-ci, enthousiasmé, est pris d'une vive excitation. Dans sa joie, il oublie son cheval sur l'Ile d'Anticosti, bondit de nouveau par-dessus le fleuve, son manteau immense déployé derrière lui comme un nuage d'ouragan, et retombe sur la rive nord près de Rivière-au-Tonnerre. Transportant toujours Charles-Auguste et son tracteur dans son poing, il court dans la poudrerie, saute par-dessus les villages de Rivière-aux-Graines, de Rivière-Pigou, de Sept-Iles, des Ilets-Caribou, par-dessus Chute-aux-Outardes, par-dessus Sault-au-Mouton, par-dessus Les Escoumins, par-dessus Baie-des-Rochers, Cap-à-l'Aigle, Les Eboulements, Rivière-du-Gouffre, Cap-Tourmente et s'arrête, tout essoufflé, au beau milieu de l'Ile d'Orléans. La charrette, entraînée dans cette course folle, retombe bruyamment derrière lui. Le géant secoue sa longue chevelure dans laquelle pépient, emmêlés comme en des rets, des bandes de petits plectrophanes des neiges.

Charles-Auguste, complètement éberlué par ce voyage, sort la tête entre le pouce et l'index replié de Beaupré, et, de son perchoir, il aperçoit, au loin, sur la rive sud, un attroupement qui l'inquiète au plus haut point. Et il y a de quoi !

La Corriveau, après s'être échappée de sa cage, bravant la tempête, marchant, faisant de l'auto-stop, s'était bel et bien rendue jusqu'au village de Saint-Vallier-de-Bellechasse où, deux cents ans plus tôt, elle avait assassiné à coups de hache son second mari. Mais elle n'y allait pas dans l'intention de continuer ses méfaits. Bien au contraire. Elle avait écouté avec un vif intérêt le récit des aventures de Charles-Auguste et s'était particulièrement enflammée pour la noble cause d'une lutte à finir contre la mort. Retrouvant toute l'ardeur de son tempérament, elle s'était répété : « Comment pourrais-je remercier Charles de m'avoir délivrée ? Comment pourrais-je, pour mon humble part, l'aider à nettoyer la terre de cette horreur qui fait mourir les gens ? Il faut qu'à son réveil je lui fasse une surprise. » Et elle s'était dit qu'en retournant dans son village, dans un coin de pays familier, elle trouverait certainement une façon d'agir, une inspiration. « Après tout, avait-elle murmuré tout au long du chemin, je suis défunte depuis deux cents ans, je parle donc en connaissance de cause. Et puis, j'ai péri de manière si cruelle et exemplaire que les gens ne pourront pas ne pas m'écouter si je les invite à se soulever contre la mort. Suffit de se serrer les coudes. Si chacun y met du sien, chu certaine qu'on va pouvoir en venir à bout. »

Son étonnement avait été grand en retrouvant son village. Emmitouflée dans son manteau de chat sauvage, elle avait circulé par les rues puis s'était arrêtée devant une maison richissime en pierres taillées. Près de la porte, au-dessus d'une longue Cadillac mauve, une enseigne lumineuse représentant les trois pyramides

d'Egypte portait en gros caractères : NECRO-
PHIL BELLETOMBE, THANATOLOGUE, FU-
NERARIUM. Une fois à l'intérieur du salon
mortuaire, elle avait fait quelques pas sur le
luxueux tapis violet mais le parfum excessif des
roses rassemblées en forme de croix et de couronnes s'était révélé impuissant à camoufler
une odeur que la Corriveau, réprimant un haut-
le-cœur, avait tout de suite reconnue comme
étant celle de la mort. Au premier coup d'œil
jeté sur les cadavres fardés avec mauvais goût
qui reposaient exposés dans les pièces adja-
centes, elle avait eu la conviction de se trouver
dans l'antre des employés de la mort et, retrouvant en un instant sa révolte d'antan, convain-
cue d'agir pour la plus noble des causes, elle
avait pénétré dans le bureau de Nécrophil Belletombe qui, avec des gestes soyeux et la voix
doucement ténébreuse de celui qui d'avance
prépare ses clients au repos éternel, était en
train de vanter à deux visiteurs éplorés les prix
et les qualités de confort de divers modèles de
cercueils. Il pressait de la main les coussinets,
caressait les festons, élaborait sur le veiné du
bois. « Et mes clients, insistait-il avec une dignité pleine de pompe, sont embaumés et exposés avec un caleçon. Oui, Madame, les défunts
qui me sont confiés sont sous ma responsabilité
personnelle et c'est dans le respect scrupuleux
de la morale et de la pudeur que je les reconduis
jusqu'aux portes de l'autre monde. »

Alors la Corriveau, soulevée de dégoût, répétant d'instinct le geste qui avait fait d'elle une
criminelle célèbre, avait empoigné un crucifix
de métal et en avait asséné un grand coup sur
le crâne de Nécrophil. La perruque du croque-

mort s'était détachée révélant un occiput chauve et Nécrophil avait basculé, les quatre fers en l'air, dans un cercueil vide déposé sur une civière à roues. Marie-Josephte, très excitée, jetant par-dessus lui des monceaux de couronnes de fleurs, avait poussé la civière jusqu'à l'extérieur du funérarium. Là, arborant une pancarte sur laquelle elle avait écrit : « NON A LA MORT ! », elle s'était mise à haranguer la foule rapidement réunie pour assister à ce spectacle inusité.

Mais, si quelques esprits forts n'avaient pu retenir des accès de fou rire, la plupart des badauds avaient poussé des cris de scandale en réclamant les représentants de l'ordre pour passer la camisole de force à cette aliénée qui prétendait être la sorcière Corriveau.

Une grande agitation règne donc en face du salon funéraire et les huées de la cohue couvrent la voix exaltée de la petite femme rousse qui s'efforce de convaincre les gens de se réunir en une sorte de croisade susceptible de mettre un terme à la tyrannie de la mort. Les policiers, phares rouges clignotants, faisant crisser les pneus de leurs autos, arrivent sur le lieu du drame. Et c'est cette scène aberrante que Charles-Auguste vient d'apercevoir du haut de son perchoir.

Le géant Beaupré, lui, dès qu'il reconnaît son amie, sourd aux admonestations de Charles-Auguste qui crie : « Arrête ! Arrête, vieille oreille de bœu ! tu vas faire sombrer l'Ile ! », se met à sauter de joie sur l'Ile d'Orléans en hurlant : « O-iveau ! O-iveau ! » puis, d'un bond, il franchit le fleuve et retombe à pieds joints dans le village de Saint-Vallier. Une terreur indescriptible s'empare de la foule et des policiers qui vident la place pour aller se tapir dans les caves des maisons.

« Charles ! crie la Corriveau, pourpre de fierté, regarde quoi c'est qu' j'ai fait ! J'ai voulu t'aider à lutter contre la mort, es-tu content d' moé ? » Mais l'habitant, épouvanté par l'idée que ses propos ont pu de nouveau pousser au crime cette diablesse insensée, ne peut que répéter : « Tabanak de démone ! de tabanak de vieille oreille de bœu ! Dans ta cage, tabanak ! Dans ta cage ! Rentre dans ta cage au plus sacrant ! Rentre dans ta vieille oreille de cage, tabanak de bœu ! » Mais la cage n'est plus là car, tandis que Charles-Auguste s'enrageait contre la sorcière rousse, le géant Beaupré est reparti au galop en direction de Québec. L'habitant distingue dans le lointain, sur les hauteurs des plaines d'Abraham, le manteau noir et le chapeau de castor du géant qui oscillent sur le ciel neigeux.

C'est à ce moment qu'il se fait un remuement dans le cercueil et Nécrophil Belletombe, qui n'était qu'assommé, relève la tête. Lorsqu'il se voit assis dans le coffre funèbre, une couronne de fleurs autour du cou, il se met à pousser des gloussements hystériques puis il s'enfuit à toutes jambes.

Le géant revient et Charles-Auguste, en l'apercevant, tombe à la renverse. Joyeux comme un enfant, Beaupré a rempli sa charrette de corbillards et a enfourné plein ses poches d'innombrables croque-morts. Il en tient un par une oreille et le secoue dans l'air pour faire rire la Corriveau. Charles-Auguste, remis de son étonnement après avoir avalé plusieurs gorgées de gin, entre dans une colère si terrible que la Corriveau, marmonnant : « Moé, esquelette frette, i' a jamais personne qui m' comprend », réintègre sa cage de fer et que le géant, bien à regret d'ailleurs, libère les croque-morts épouvantés et déverse sur le sol le monceau de corbillards accumulés dans sa charrette.

Soudain, le géant Beaupré, relevant ses longs cheveux, tendant l'oreille, dit : « Gueval ?... Bleu... eu... da... a... gueval ? » Il vient de constater l'absence de son cheval oublié sur l'Ile d'Anticosti. Attrapant Charles-Auguste et son tracteur dans son poing, il repart à toute allure sautant par-dessus les villages de Bonsecours, Rivière-Ouelle, Isle-Verte, Métis-sur-Mer, Grosses-Roches, Cap-Chat, Ruisseau-Castor, Gros-Morne, Manche-d'épée, Cloridorme, L'Anse-aux-Griffons. De là, s'élançant d'un bond prodigieux, déployant les pans de son manteau comme les ailes noires de quelque immense cormoran, il vole par-dessus le fleuve Saint-Laurent et atterrit parmi les forêts sapineuses de l'Ile d'Anticosti.

Il était temps. Son malheureux cheval, recroquevillé dans une anse, agonise de froid. Le géant, d'abord effondré de chagrin, pressant son « gueval » sur son cœur, verse de nouveau des larmes larges comme des étangs puis, se redressant d'un coup, il se met à secouer sa tête dans toutes les directions. La rage qui s'empare peu à peu de son grand corps habituellement si débonnaire est si épouvantable à voir que Charles-Auguste, terrifié, implore la Corriveau de ramener son ami à la raison. Mais la Corriveau, accroupie dans sa cage, déçue de s'être heurtée une fois de plus à l'incompréhension des hommes, refuse d'entendre ses suppliques et boude, le nez dans son manteau de chat sauvage.

Le géant, agitant sa tête avec de plus en plus de force, grattant sa tignasse avec ses doigts énormes, fait monter de sa poitrine des grognements apparentés à ceux d'un volcan qui s'apprête à cracher le feu. Venant du Pôle, une tempête de neige commence de rafaler et Charles-Auguste, comprenant que le géant s'apprête à lutter avec furie pour empêcher la mort de lui ravir son cheval, saute sur son tracteur rouge, actionne les spirales grinçantes de sa souffleuse et, mordillant sa moustache frimassée, il se poste près des orteils de Beaupré, résolu à faire sa part dans le grand combat. Lorsque le vent du nord, tombant des hauteurs du ciel, renverse à demi le géant, ce dernier essaye d'attraper à bras-le-corps l'ouragan. La bourrasque recule, fonce de nouveau, tente de faire basculer Beaupré afin de s'emparer du cheval mais le géant, projetant dans l'air orignaux, chevreuils, chênes et pins, empoigne une montagne qu'il soulève et se met à en frapper Vent du Nord en plein front avec une violence si épouvantable que l'Ile entière est secouée de soubresauts et que Charles-Auguste, s'agrippant à son tracteur, est catapulté en direction des nuages et disparaît emporté par un tourbillon de poudrerie.

Charles-Auguste, retombant du ciel, atterrit par bonheur dans un épais banc de neige. Son tracteur s'abat à ses côtés et l'habitant reprend courage en constatant que le moteur est encore en état de fonctionner.

Mais où se trouve-t-il ? Il fait nuit totale. Le vent glacial rafale sur la campagne déserte. Charles-Auguste avale une gorgée de gin, dépose précautionneusement son flacon dans la poche de sa chemise de laine à carreaux, chasse la neige logée dans son cou et repart en direction du nord. Avançant, reculant, les spirales crissantes de sa souffleuse mordant à pleins crocs dans les monceaux de neige, il se fraye patiemment un chemin. Le froid pourtant se fait de plus en plus intense et notre héros malingre, frottant avec ses mitaines ses yeux à demi fermés par le frimas, commence à désespérer de son sort lorsque les phares de sa souffleuse éclairent un petit écriteau secoué par la bourrasque sur lequel il parvient à lire : CAP-AUX-OS. « Tabanak de vieille oreille de bœu ! marmonne-t-il, me v'là rendu dans l' fin fond d' la Gaspésie ! »

Puis il aperçoit aux abords du village une maison en pierres des champs dont toutes les fenêtres rutilent de lumière. Il stoppe sa machine, frappe à la porte. Un homme un peu ivre, la tête coiffée d'un bonnet de papier rouge, vient lui ouvrir : « Entrez donc, entrez, c'est fête à soir, tirez-vous une chaise, vous êtes notre invité, dégraillez-vous, faites comme chez vous. »

A l'intérieur, une foule de jeunes gens dansent des sets carrés. Des confetti de couleurs pendent aux poutres du plafond. Tout le monde crie, rit, les petits verres de whisky circulent à la ronde et Charles-Auguste, ahuri par tout ce bruit, doit s'appuyer au chambranle pour ne pas s'effondrer sur le plancher. L'hôte, le soutenant sous les bras, l'entraîne près du poêle à bois.

— C'est Jovial Latulipe, mon nom. J' sais pas d'où c'est qu' vous sortez mais vous avez l'air d'un habitant comme nous autres, ça fait qu' vous êtes le bienvenu dans ma maison. A soir, c'est Mardi-Gras, les jeunesses donnent une veillée. Faut ben les laisser s' secouer les puces de temps en temps. I' ont besoin d' pas perdre une danse d'ailleurs parce qu'à minuit sonnant, la fête va s'arrêter drette là, minuit sonnant, pas une seconde de plus, j'ai pas envie de m'attirer la punition du bon Dieu ; demain, c'est Mercredi des Cendres, p'is le long Carême qui commence... I' est déjà dix heures passées. Ça fait qu'i' leur reste pas deux heures pour fortiller. Ça fait qu'i' lâchent la steam à plein p'is que ça grouille en beau démon icitte à soir. I' leur reste

pas deux heures parce qu'à minuit, comme j'
viens d' vous dire, faut que tout arrête. A minuit
sonnant, la fête arrête drette là. A minuit et une,
c'est le Carême p'is tout le monde fait péni-
tence... Mais en attendant, tout l' monde
s'amuse ! Ça swing en beau démon. C'est beau
à voir, hein, toutes ces jeunesses émoustil-
lées ?... P'is vous, qu'est-cé qui vous amène dans
nos parages ?

Charles-Auguste, content de se voir accueilli
par une si joyeuse compagnie et rassuré à l'idée
de se retrouver enfin avec des gens normaux,
juge prudent de ne pas entreprendre le récit de
ses aventures et se contente de dire qu'il se
rend en visite chez quelqu'un de sa parenté.
Puis, ramolli par la chaleur de la pièce, il demande à se reposer un moment dans une grande
berceuse qu'on vient de lui offrir.

Il regarde danser les jeunes gens vêtus de
leurs beaux costumes et sa pensée se reporte
très loin dans le passé. C'est au cours d'une
veillée comme celle-ci qu'il a rencontré Marguerite pour la première fois.

Il venait d'avoir vingt ans. Au temps des
Fêtes, un ami l'avait emmené à une soirée dansante chez un habitant du rang Grand-Cœur, et
cet habitant était le père de Marguerite. Dès que
Charles-Auguste, mal à l'aise dans son col
empesé comme un cheval dans un étroit licou,
avait aperçu tournoyant dans sa longue robe
blanche, souple soie de peuplier soulevée par le
vent, la beauté de dix-huit ans, il s'était mis,
selon son expression, à rougir comme une tomate. Et dès que Marguerite, ses cheveux jaunes
noués en chignon par un large ruban vert, s'était
approchée pour lui offrir son sucre à la crème

aux noix, elle s'était mise à rougir comme une pivoine.

Charles-Auguste à qui, depuis son entrée dans la maison de Jovial Latulipe, on n'a pas cessé de verser des petits verres de whisky, sent, à l'évocation de ce beau souvenir, ses yeux s'emplir de larmes. Pour faire viril, il se mouche ostensiblement dans son grand mouchoir à pois et en profite pour s'éponger avec discrétion les cils. Puis il s'allume une pipe de tabac fort, mais, dès la première bouffée de fumée, il sursaute car le salon des Latulipe vient de se métamorphoser. A la place du phono sur lequel tournaient tantôt les disques de la Famille Soucy tapent maintenant du pied deux violoneux accompagnés d'un gros calleur qui, la bedaine décorée d'une ceinture fléchée, marque le rythme en répétant : « Les femmes au milieu... Les hommes alentour... La passe des hommes... La passe des dames... Changez vos compagnies... La grande chaîne... P'is tout l' monde swing, p'is tout l' monde danse... Swing la baccaisse dans l' fond d' la boîte à bois ! » Les jeunes gens, maintenant vêtus à l'ancienne, tournoient par couples sur une musique de plus en plus endiablée. Attribuant à la chaleur du poêle et à l'alcool cette hallucination, Charles-Auguste entreprend de se lever pour aller prendre une bouffée d'air frais mais il reste figé sur place en apercevant, droit devant lui, au beau milieu des danseurs, une jeune fille ravissante en qui il reconnaît immédiatement Marguerite âgée de dix-huit ans. Ses cheveux jaunes remontés en chignon, les joues rougies par le plaisir, elle constitue visiblement le centre d'attraction de la soirée.

Charles-Auguste alors, ne comprenant rien à cette fantasmagorie mais fou de bonheur à l'idée de retrouver sa femme dans toute la fleur de sa juvénilité, s'élance vers elle en criant : « Marguerite ! Marguerite ! », mais un bras fort l'arrête net. C'est Jovial Latulipe qui le force à reprendre place dans sa berceuse en disant : « Ecoutez, l' père, j' pense que vous avez pris un p'tit coup d' trop. On vous en veut pas parce que c'est fête à soir. La belle fille qui est là, voyez-vous, c'est ma fille Rose, ma fille unique, la fierté de son père. A soir, est excitée comme c'est pas possible parce que la danse, pour elle, c'est une vraie folie. A' s'est pas arrêtée depuis le commencement. Quand ses cavaliers sont fatigués, al' en prend un autre p'is envoye donc. Ma grand' foi du bon Dieu, al' a l'yable au corps, mais j'ai l'œil sur elle, la p'tite grigousse. Al' a beau m' faire des sourires, p'is des finasseries, a' m'aura pas par le sentiment. A minuit sonnant, la fête va s'arrêter. »

Charles-Auguste, marmonnant le nom de Marguerite, n'entend pas un mot de ce que raconte Jovial Latulipe. Il vient d'apercevoir sa femme à l'âge de dix-huit ans, cela signifie la fin de sa folle aventure en direction du Pôle et il ne lui reste plus qu'à rentrer à la maison en compagnie de Marguerite. « Tabanak de vieille oreille de bœu, personne icitte va m'empêcher de reprendre ma femme ! » crie-t-il et il parvient à se remettre debout.

Soudain, la porte s'ouvre comme par enchantement et tous s'arrêtent pour admirer le personnage qui vient d'entrer. Il s'agit d'un élégant jeune homme, grand, mince, portant une toque de fourrure blanche, des gants blancs et un long manteau également de fourrure blanche. On dirait l'Hiver ayant pris la forme d'un homme, paré de son plus lumineux frimas, et venant participer à la fête.

Frappé par la coupe parfaite de ses vêtements, Jovial Latulipe, murmurant : « Ça doit être un gars de la grand' ville pour être nippé comme ça. Personne ne l' connaît par icitte mais c'est pas une raison pour le laisser dehors », se dirige vers l'inconnu, le mêle aux invités et la fête reprend avec un entrain décuplé.

Au bout de quelques minutes, personne ne s'étonne de voir le nouveau-venu danser avec Rose dont les joues s'empourprent plus que jamais. Personne sauf la mère de Rose qui, assise à l'écart, un peu derrière le poêle à bois, surveille sa fille en égrenant son chapelet et en se frappant régulièrement la poitrine. Intérieurement, elle en veut à son mari d'encourager par sa faiblesse la légèreté de sa fille. Et puis elle a bien remarqué, elle, que l'étranger n'enlève jamais ses gants de velours blanc. A un certain moment, elle parvient même à mêler quelques gouttes d'eau bénite au whisky que Jovial offre au cavalier blanc et elle le voit faire une singulière grimace en l'avalant.

Charles-Auguste, lui, retenu par deux costauds, a dû se rasseoir pour de bon dans la berceuse. D'ailleurs, la musique des violoneux maintenant soulève les couples avec une telle rapidité que notre habitant n'arrive plus à rien distinguer de bien précis dans ce tournoiement coloré.

Quant à Jovial Latulipe, fortement éméché, le bonnet de papier rouge sur le derrière de la tête, il pousse une stepette — sa fille a de qui

71

tenir — pour le plus grand amusement des jeunes qui, réunis alentour, frappent en cadence dans leurs mains et le stimulent de leurs cris et de leurs rires. La gigue du bonhomme est à son meilleur lorsque retentit brusquement à l'horloge grand-père le premier coup de minuit. Jovial s'arrête, éberlué. Aussitôt, Rose quitte le cavalier blanc pour se suspendre au cou de son père : « I' est rien qu'onze heures, popa, i' est rien qu'onze heures, laisse-nous danser, rien qu'une p'tite danse, o.k. ? rien qu'une p'tite danse pas plus grosse que mon p'tit doigt... » Et elle lui chatouille le bout du nez avec l'ongle de son auriculaire. Le bonhomme réplique, mi-sévère, mi-rigolant : « Ecoute, ma fille, j' commence à avoir les yeux pas mal embrouillés, j' vois p'us jusqu'à l'horloge. Si tu m' dis qu'i' est onze heures j' veux ben t' croire mais si c'est une menterie qu' tu m' fais là j' vas m' fâcher noir... Allons-y pour une p'tite dernière danse mais c'est la dernière des dernières, c'est ton père qui l' dit ! »

Jovial n'a même pas fini sa tirade que déjà Rose valse dans les bras du bel inconnu blanc. Les violoneux d'ailleurs ont repris avec tant d'excitation que personne n'arrive plus à suivre le rythme. Personne sauf Rose et l'étranger qui tournoient au centre du salon comme deux flocons de neige emportés par la plus folle des poudreries.

Brusquement, au douzième coup de minuit, l'assemblée entière pousse un cri de terreur. Les aiguilles de l'horloge se transforment en deux longs os et le bel étranger, enlevant ses gants et son costume d'apparât, se révèle être l'horrible squelette blanc de la Mort. Rose tente d'échapper à son étreinte mais le squelette la presse ferme contre son thorax creux. Dans un grand éclat de rire, emportant la jeune fille par la taille, il bondit par la fenêtre, retombe dans le traîneau blanc qui l'attend dehors et part à fine épouvante tiré par un cheval d'ossements.

La mère, après s'être signée de la croix et avoir agité une petite branche de buis trempée dans l'eau bénite, tombe en pâmoison. Jovial, en manches de chemise, sort sur le perron et appelle au secours. Il court jusqu'au presbytère, éveille le curé qui le sermonne sur sa négligence. Le curé enfile son manteau de chat sauvage, saute dans sa carriole, s'élance à la poursuite du ravisseur. A force de fouetter sa jument, il parvient à brève distance des fuyards et, faisant tournoyer en l'air son étole comme un cow-boy son lasso, il tente mais en vain d'attraper par le cou le grand cavalier d'os blancs. Le traîneau de la Mort, en effet, quittant le sol, se met à s'élever dans la nuit et monte, monte vers les étoiles.

Charles-Auguste, lui, reconnaissant dans le danseur maudit le Géant du Nord qu'il s'acharne précisément à retrouver, se précipite vers son tracteur qu'à cause de son ivresse il n'arrive pas à remettre en marche. Il appelle Beaupré, Ti-Louis Descôteaux, la Corriveau et même les gars damnés de la Chasse-Galerie mais personne ne vient à sa rescousse. Il reste là, bras ballants, parmi les autres. Le curé, revenu près de la maison, répète : « Il faut se résigner. Tout est poussière. Je viendrai comme un voleur, a dit le Seigneur... »

— Tabanak de vieille oreille de poussière, m'as t'en faire un résigné, moé ! grommelle

Charles-Auguste qui se surprend à contester ouvertement les édits de la religion.

Mais, malgré sa déception d'avoir perdu aussi bêtement sa femme pour la seconde fois, il reste là, impuissant, tandis que très haut dans le ciel la pleine lune, s'ouvrant, porte énorme, devant le traîneau-fantôme, laisse passer la Mort et sa captive puis se referme en grinçant derrière eux comme la porte ronde d'un donjon.

Dès le lendemain, Charles-Auguste reprend son chemin en direction de la mer. Laissant derrière lui le village de Cap-aux-Os, il atteint L'Anse-aux-Griffons et entreprend de souffler la neige sur le golfe Saint-Laurent. Il fait si froid que la neige, en retombant sur les eaux calmes, se met à durcir et se tasse en une sorte de pont de glace sur lequel l'habitant s'engage avec la plus extrême précaution.

Au bout de quelques heures, il a franchi, comme par enchantement, les cinquante milles séparant la péninsule gaspésienne de l'Ile d'Anticosti.

Il aperçoit un grand feu sur la plage et c'est avec une émotion non dissimulée qu'il retrouve le géant Beaupré, pieds nus, endormi dans son manteau noir, son cheval pelotonné sous son aisselle, et la Corriveau, sagement assise dans sa cage de fer en train de tricoter des bas de laine pour son formidable compagnon.

Marie-Josephte, très enthousiaste, fait le récit du combat d'Edouard — qu'elle réveille — et de sa victoire contre Vent du Nord qui a dû se retirer en laissant la vie sauve à son « gueval ».

Charles-Auguste, penaud, raconte de quelle façon il vient de perdre Marguerite désormais prisonnière dans le donjon de la lune.

La Corriveau, alors, émet une idée aussitôt partagée par Beaupré qui la commente en marmonnant : « Bleu... eu... eu... da... a... da... » On va partir tous ensemble vers l'Outaouais. On va aller trouver Jos Montferrand, grand ami d'Edouard, et il ne fait pas de doute que les deux géants, unissant leurs forces, vont parvenir à grimper jusqu'à la lune et à délivrer la captive.

A l'évocation du nom de Jos Montferrand, Charles-Auguste sursaute. Il le croyait mort depuis plus de cent ans celui-là ! Mais enfin, il veut retrouver sa femme et l'aide de ce fabuleux personnage ne peut que s'avérer fructueuse. Jos Montferrand, le grand héros des légendes que lui racontait jadis son père. On attribuait à ce colosse tant d'exploits que Charles-Auguste n'arrive plus à tous se les remémorer. Jos Montferrand, aussi célèbre par ses aventures auprès des dames que par ses bagarres contre des fiers-à-bras, était un « boulé », un redresseur de torts. A seize ans, assistant à un match de boxe au terme duquel le vainqueur, couronné du titre de champion du Canada, s'était moqué des Canadiens français, Jos, dont le patriotisme était farouche, sauta dans l'arène, chanta le coq — c'était sa façon de lancer un défi — et d'un seul coup de poing il étendit par terre le pugiliste anglais. Sa vie ensuite ne fut qu'une succession de triomphes. Travaillant comme « chef de gang des cageux des pays d'en-haut », ainsi qu'on appelait les bûcherons du temps sur la rivière Outaouais, il lui arrivait fréquemment de franchir la frontière séparant le Québec de l'Ontario.

Une nuit, coincé traîtreusement sur le pont de Bytown (aujourd'hui Ottawa) par 150 Orangistes fanatiques qui avaient décidé d'avoir sa peau, il fonça dans le tas, s'empara de l'un des tueurs et, s'en servant comme d'un gourdin, il bascula tous les autres dans la rivière et laissa derrière lui une douzaine de morts. Sa souplesse tenait du phénomène : lorsqu'il entrait dans une taverne, il s'amusait, d'un bond, à marquer le plafond avec le talon d'une de ses bottines cloutées.

Tous ces souvenirs remontent à l'esprit de Charles-Auguste et c'est avec beaucoup d'espoir qu'il se met en route vers l'Outaouais. Pour aller plus vite, le géant Beaupré dépose le tracteur dans sa grande charrette, bondit par-dessus le fleuve, retombe sur la Côte Nord et, à vastes enjambées, il suit la chaîne des Laurentides en sautant d'un sommet de montagne à l'autre.

Nos héros ne font qu'une seule escale, à Nicolet, où, pour tenir sa promesse, Charles-Auguste demande au cordonnier de fabriquer une paire de bottines de feutre pour le géant. Les curieux du voisinage s'assemblent pendant quelques jours pour voir l'artisan qui, grimpé sur des échafaudages, s'essouffle à relier avec de la broche les énormes morceaux d'étoffe.

Le géant est visiblement très heureux d'enfouir ses pieds bleus par le froid dans les bottines mais, par une toquade incompréhensible, il se refuse à porter des caoutchoucs. Les remontrances de la Corriveau, la colère de Charles-Auguste, rien n'y fait. A la fin, on cesse de lutter contre cet entêtement saugrenu et tous reprennent la route.

Beaupré marche jusqu'au Port Saint-François.

Du bout du quai, il saute par-dessus le lac Saint-Pierre, atterrit sur la rive nord à Pointe-du-Lac. Maskinongé, Saint-Roch-de-l'Achigan, Saint-Agricole, La Macaza, Saguay, Lac-des-Ecorces. Et les voici rendus à Grand-Remous où Charles-Auguste, entrant dans une taverne, trouve Jos Montferrand qui, riant aux éclats, retombe sur ses pieds après avoir marqué le plafond avec le talon de sa botte cloutée.

— Monsieur Jos, risque-t-il timidement, chu un Canadien français catholique p'is j' viens pas pour faire la chicane... euh... chu avec Edouard Beaupré qui vous attend dehors parce qu'i' est trop grand pour entrer, p'is, comme j'ai toujours entendu dire que vous étiez un homme ben serviable, j'aurais un p'tit service à vous demander si c'était pas trop abuser de votre bon vouloir.

Montferrand se lève d'un trait, ouvre la porte et crie en rigolant : « Salut, Ed ! I' a longtemps qu'on t'a pas vu dans nos parages. Mon vieux carrosse de sainte Epruche — Jos, qui attribue lui aussi sa force au Seigneur, n'a jamais sacré de sa vie —, me semble que t'as encore grandi depuis la dernière fois... Attends-nous què'ques minutes. On prend une p'tite bière p'is on va te r'trouver dehors. »

Montferrand est bien tel que l'ont dépeint les récits des ancêtres. Blond, le regard bleu, mesurant plus de six pieds, souple comme un fauve et aussi gai que Beaupré peut être mélancolique. Il s'assoit en face de Charles-Auguste et, désignant le géant :

— J' lui dis toujours qu'i' a grandi, ça l' fait étriver... Aïe ; au fait, peux-tu m' dire quelle sorte de moineau rare qu'i' a ramassé là dans sa charrette ? J'ai pas r'gardé comme i' faut mais, ma grand-foi-Dieu, on dirait quasiment qu' c'est une femme qui est assise dans c'tte cage-là ?

Charles-Auguste, en bafouillant, explique tant bien que mal l'amitié qui unit le géant et la sorcière Corriveau, laquelle sorcière d'ailleurs n'est pas si sorcière que le prétendent les légendes, bref, il s'empêtre et, se rendant compte que Montferrand n'accorde guère créance à ses propos, il se tait.

— P'is, reprend Jos, i' cherche-t-i' toujours, ce vieux carrosse de déraillé-là ?

— Chercher quoi ?

— Ben, i' cherche, i' cherche què'que chose, i' a passé sa vie à chercher mais personne sait de quoi c'est qu'i' cherche p'is lui non plus i' l' sait pas plus qu' les autres... Quoi c'est qu' tu veux, c'est un ben bon yable mais i' a des souris qui lui trottent dans l' grenier...

Montferrand s'esclaffe et Charles-Auguste mis en confiance par sa bonhomie se croit autorisé à entrer tout de suite dans le vif du sujet :

— Voyez-vous, Monsieur Jos, Beaupré p'is moé on a d' quoi en commun parce qu'on cherche tous les deux què'que chose. Lui, i' sait pas d' quoi c'est qu'i' cherche mais moé, c'est ma femme, Marguerite, que j' veux r'trouver.

Notre habitant, avalant une petite gorgée de gin après en avoir offert à Montferrand, raconte toute son aventure depuis le début, depuis le rang du Grand Saint-Esprit jusqu'à la lune. Et Jos s'exclame :

— Si tu viens m' voir pour sauver une femme, vieux carrosse, chu toujours prêt ! Comme de raison, j'ai p'us l'agilité de mes vingt ans, le temps passe, que voulez-vous... Mais chu toujours prêt. J'ai pour mon dire que l'argent c'est fait pour être gaspillé p'is l' jus d'un homme itou (il observe l'habitant d'un air taquin pour juger de l'effet de ses paroles) ; moé, les p'tites mères m'ont tout pris, mon argent p'is mon jus d'homme, p'is, si c'était à r'commencer, vieux carrosse, j'y eux-z-en donnerais encore dix fois plus ! « Après la mort, pas de maison d'or » comme disait mon défunt père. Si l' bon Dieu a donné d' l'énergie à un homme c'est pour qu'i' la dépense. C'est pour ça que je r'fuse jamais une aventure. La vie c'est fait pour être gaspillé !... Mais ça passe vite en vieux carrosse, ajoute-t-il, soudainement nostalgique, après une pause. Si on pouvait s'arrêter un peu, des fois, sur le chemin de la vie, hein ? A dix-huit ou vingt ans, par exemple, hein ? Si on pouvait s'arrêter quand on est en train d' caresser les fesses d'une p'tite mère, par exemple, hein ? Ouais, des fois, j'aimerais ça avoir le bras assez long pour pogner le soleil dans ma main p'is lui dire : « Ouow donc ! Ouow donc ! Arrié-toé ! Arrête-toé què'ques minutes, r'prends ton souffle p'is laisse-nous l' temps d' respirer un peu ! » Mais le soleil continue sa course ventre à terre, les quat' fers en l'air comme un cheval qui a pris le mors aux dents, p'is, vieux carrosse de sainte Epruche ! au lieu de mettre les freins, i' sacre son camp de l'autre côté des montagnes p'is c'est encore la nuitte qui r'vient. P'is on vieillit, voyez-vous... En té cas, si t'es paré à partir, moé j' finis ma bière p'is on grimpe sur la lune pour aller quérir ta femme.

Montferrand se lève, enfile sa chemise à carreaux rouges et sort. Charles-Auguste le suit, empressé, mais, en mettant le nez dehors, il ne peut retenir sa colère en apercevant le géant Beaupré qui s'amuse dans la neige avec des corbillards qu'il vient de dérober dans les villages avoisinants. Le géant proteste mais Charles-Auguste exige qu'il reporte immédiatement les limousines mauves et noires à leurs propriétaires.

— I' est comme un enfant, dit Montferrand en rigolant, que voulez-vous, faut pas lui en vouloir, i' est pas méchant mais i' a des souris qui lui trottent dans l' grenier... Tiens, bonjour, mamzelle Corriveau, lance-t-il, en s'adressant à Marie-Josephte. En té cas, si c'est la vérité que vous êtes la Corriveau, moé, j' vas m' mettre à sortir avec des sorcières parce que, parole de Montferrand, vous êtes un ben beau brin d' fille, vous là. J' vous connais d' réputation, comme de raison, p'is tout l' monde sait qu' j'ai jamais pactisé avec les mécréants, mais, vieux carrosse de sainte Epruche ! ça s' peut-i' ça qu'une femme ait franchement du venin d' méchanceté dans elle ? Moé, comme de raison, c'est ben connu, j'ai un faible pour les personnes du sexe... p'is chu sûr que l' bon Dieu me l' pardonne, rapport que c'est lui-même qui m'a fait comme que chu... Moé, j'ai pour mon dire qu'une créature peut jamais être franchement coupable. Quand i' arrive un malheur, c'est parce qu'al' a pas l'homme qu'i' lui faut. En té cas, moé, si j' s'rais l' bon Dieu, j' s'rais pas capable d'en condamner une seule... surtout les celles qui sont ben tournées, comme de raison... Vieux carrosse ! Chu pas inquiet pour les créatures au Jugement Dernier. Les p'tites mères vont encore trouver moyen d' s'en tirer rien qu'en faisant d' l'œil au Juge ! Bon ben, en té cas, on r'parlera d' tout ça quand on aura fini notre ouvrage. L'ouvrage d'abord, la bagatelle après.

« Vois-tu, mon ami, reprend-il en s'adressant plus sérieusement à notre habitant, m'as t' dire une affaire. Si j'accepte de t'aider c'est parce que moé non plus j'aime pas l'hiver. Ah ! je l'endure comme tout l' monde mais en avril, là, j'en peux p'us p'is j' lâche mon fou p'is j' fais partir les glaces des rivières, p'is l'yable emporte tout.

— Quoi c'est qu' vous dites là ? interroge Charles-Auguste, ça s'rait-i' vous qui faites la débâcle du printemps ?

— Ben, beau dommage que c'est moé ! Vieux carrosse, si j'étais pas là, l'hiver passerait l'été avec nous autres ! R'gardez-moé ben, m'as vous montrer. C'est pas encore le printemps mais ça fait rien.

Montferrand prend une profonde aspiration et aussitôt sa tête s'élève jusqu'à 200, 250 pieds. Il devient presque aussi imposant que Beaupré. Il exécute deux prodigieuses culbutes dans les airs et retombe à pieds joints sur la surface gelée de la rivière Outaouais. Les glaces éclatent, se bousculent, se mettent à circuler. En un temps record, la rivière est presque complètement dégagée et des cargos, dont les capitaines croient la saison de navigation arrivée, commencent à s'aventurer sur les flots tumultueux.

Lorsque Beaupré revient, il se met à sauter de joie et veut patauger comme un enfant dans les premières flaques d'avril. Charles-Auguste le semonce stimulé par la Corriveau qui ne veut pas que son Edouard mouille ses belles bottines de feutre. L'un et l'autre en profitent d'ailleurs pour rappeler au géant qu'on ne se promène pas sans porter de caoutchoucs. Le géant bougonne et Montferrand crie : « Laisse-lé faire du boudin, vieux carrosse, on a du travail à faire. La nuitte commence à tomber, la pleine lune monte, faut s' dépêcher si on veut y aller p'is revenir avant l'aube. »

Alors, poussant le chant du coq, Jos s'élance, se catapulte dans le ciel et, ainsi qu'il le fait dans les tavernes, il va ficher l'un de ses pieds dans la lune. Il l'y enfonce si profondément d'ailleurs que son pied reste pris et que Jos, tête en bas, très fier de son exploit, demande à Beaupré de s'accrocher à ses bras afin que tous puissent se hisser jusqu'à la lune.

Mais le géant, poursuivant sa lubie, vient de plonger ses deux pieds dans la rivière, et le feutre de ses bottines, tel un buvard énorme, aspire l'eau et les bateaux. Lorsque Charles-Auguste, alerté par la voix de la Corriveau, l'aperçoit, Beaupré, assis sur la rive, secoue sans succès ses pieds devenus si lourds qu'il n'arrive presque plus à les soulever.

— Tabanak de vieille oreille de géant ! On peut pas l' laisser deux minutes sans surveillance. Y' a pas cinq cennes de bon sens dans c'tte grande tête de bébé-là ! On a l'air fins, là, r'garde Jos qui est suspendu par une patte en haut p'is qui attend qu'on grimpe, on est pas pour le laisser pogné là !

— Bleu... eu... da... a... da..., renifle Beaupré.

— Braille pas en plus, on a assez d' problèmes avec l'eau comme ça !

— Vieux carrosse ! peste Montferrand, dépêchez-vous, le sang m' descend dans 'a tête !

Grouillez-vous en bas ! J'ai l' pied pogné ben dur, j' peux pas m' décrocher !

Charles-Auguste s'empresse auprès de Beaupré lui montrant à tordre ses bottines comme une éponge afin d'en extraire l'eau et les navires dont les capitaines, terrifiés, supplient qu'on ne les écrase pas. Mais le géant, bizarrement conscient de son mauvais coup, demeure inconsolable et ni l'habitant malingre ni la Corriveau n'arrivent à le ramener à la raison.

— Quand i' fait des gaffes comme ça, assure Marie-Josephte, i' pense que personne l'aime p'is y a p'us moyen de rien lui faire comprendre tant qu'i' a pas retrouvé ses esprits.

Le géant sanglote jusqu'au matin et Charles-Auguste, désemparé, humilié, voit disparaître à l'horizon Jos Montferrand toujours accroché à la lune et dont les « sainte Epruche » clamés avec rage font trembloter les étoiles.

Pendant la journée, ils parviennent à remettre l'eau dans le lit de la rivière, à extraire précautionneusement chaque bateau pris dans les semelles et à faire sécher les bottines du géant.

Lorsque revient le soir, penauds, ils voient remonter la lune en même temps qu'ils entendent les « vieux carrosse » tonitruants de Montferrand toujours suspendu tête en bas. Cette fois, Beaupré s'étire, attrape les bras de Jos et tout le monde se hisse sur l'astre. On emporte aussi, bien sûr, la charrette, le « gueval » et le tracteur.

Une fois sur la lune, on dégage le pied de Jos, tous s'assoient sur le sol blanc et Charles-Auguste, vivement impressionné par son voyage, ne peut s'empêcher de parler du danger qui menace la terre si les hommes continuent à ne

rien entreprendre contre la pollution. Les rivières pullulent de poissons morts. Dans les villes,
les gens survivent à demi asphyxiés. Et puis il
suffit d'un fou pour qu'une bombe pulvérise la
planète. Un jour, affirme l'habitant, ça sera la
fin du monde, un peu comme au temps du Déluge. Il y aura peut-être un couple qui s'enfer-
mera dans un vaisseau spatial avec des animaux,
des plantes, des graines, des insectes, puis qui
partira chercher refuge ailleurs sur une autre
étoile. Charles-Auguste parle longuement sans
s'apercevoir que la pauvre cervelle de Beaupré
enregistre avec terreur cette prophétie lugubre.

A la fin, ils font un somme pour se remettre
de leurs émotions. Des cauchemars hantent l'esprit du géant. Au réveil, ils se mettent en marche et ne tardent pas à atteindre la base d'un
immense mur qui semble de glace.

— Vieux carrosse de sainte Epruche ! lâche Jos, pouvez-vous ben m' dire dans quelle sorte de bateau qu'on s'est embarqués là ?

Le mur, en effet, a la forme d'un dôme recouvrant à peu près toute la surface de la lune. Un peu comme si la lune était un globe de verre car ce dôme est transparent et nos voyageurs téméraires distinguent bientôt à travers la paroi de menues formes blanches. Observant avec plus d'attention, un spectacle affligeant se révèle à eux. A l'intérieur du dôme, de belles jeunes femmes, recluses dans ce curieux donjon, errent désolées, sans yeux, sans narines, sans oreilles, sans bouche. Vêtu d'une tunique immaculée, leur corps, ayant perdu toute opacité, a la translucidité d'une mince pellicule de glace. Parfois, elles frappent désespérément contre la paroi dans le but de la briser mais elles ne parviennent qu'à blesser leurs petits poings d'où coule un étrange sang blanc.

Charles-Auguste, sidéré par cette scène, est soudain la proie d'une extrême agitation. « Ta-banak de vieille oreille de bœu ! » marmonne-t-il. Il vient de reconnaître, parmi ces malheureuses, la beauté maintenant exsangue de Rose Latulipe ou plutôt de sa femme Marguerite aisément identifiable sous les traits de Rose.

A la seule vue de tant de délicieuses personnes séquestrées, Jos, toujours aussi prompt, prend son élan et saute à pieds joints contre la paroi. A sa grande stupéfaction toutefois, ses bottes cloutées ne font que s'enfoncer dans le mur d'une consistance apparentée à celle du caoutchouc et Jos, projeté comme par une fronde, va retomber beaucoup plus loin.

Beaupré, pour sa part, se jette tête baissée contre l'obstacle. Son chapeau de castor s'enfonce jusqu'à ses épaules et Beaupré, s'étant lui aussi heurté vainement à une sorte de caoutchouc très résistant, va rebondir les quatre fers en l'air. Le mur est d'autant plus mystérieux qu'on peut fort bien voir au travers mais qu'il semble impossible de le perforer.

Soudain, jetant la panique dans le camp de nos héros, le dôme se met à bouger et la lune entière se révèle être le ventre d'une femme immense couchée dans l'espace. Seuls son ventre et ses longs cheveux, qui constituent la voie lactée, sont lumineux. Pour le reste, on ne distingue guère que des formes évanescentes apparentées à ces brumes qui flottent parfois au-dessus des eaux. Pour comble, sur la tête de cet hallucinant fantôme, brille un diadème d'étoiles qui semblent avoir la froideur et la dureté des glaçons.

— Vieux carrosse ! risque Montferrand à voix basse, nous v'là rendus dans les plis d' la robe de la Dame Blanche. M'est avis qu'on ferait mieux d'y aller molo. A' s'est peut-être pas encore aperçu de notre présence... Vois-tu, Charles, les pauvres créatures qu'on a vues tantôt c'est des beautés qui sont mortes dans l' temps lointain d'autrefois. Mon défunt père m'a déjà raconté que la Dame Blanche, quand al' était jalouse d'une belle femme, a' venait la chercher pendant son sommeil p'is a' l'enclavait dans son ventre. Mais j' savais pas qu' la lune p'is son ventre c'était la même chose... Moé, j'ai jamais eu peur de personne de vivant, mais si i' faut s' battre contre la Dame Blanche, là, j' penserais que l' bon sens nous conseillerait de rentrer tranquillement chacun chez nous. M'est avis, mon ami, que tu nous as entraînés dans une aventure qui est pas faite pour du monde normal...

— Tabarouette, s'emporte la Corriveau, moé, c'tte grande esquelette frette de fantôme-là, a' m' rassure pas pantoute, mais si j'étais un homme c'est pas moé qui laisserait tant de pauvres femmes emprisonnées. J'ai passé deux cents ans dans une cage en fer, moé, p'is je l' sais c' que c'est que de s' frapper les poings contre des barreaux sans pouvoir sortir. Ah ! si j'étais un homme...

Charles-Auguste, encouragé par la révolte de Marie-Josephte, avale une bonne gorgée de gin, replace le flacon dans la poche de sa chemise de laine, saute sur son tracteur, actionne les spirales d'acier de sa souffleuse et, circulant dans les replis de l'immense robe, il fonce droit sur le giron lumineux dans l'intention non équivoque d'y percer un trou.

Aussitôt que les lames d'acier s'attaquent à la paroi y mordant à pleins crocs, le tuyau de la souffleuse se met à projeter un nuage de flocons si dense que l'habitant en a la vue complètement brouillée. Puis, c'est son esprit qui s'embrouille et Charles-Auguste, sans comprendre ce qui se passe, se met à rapetisser, à rapetisser ; il n'est plus bientôt qu'un enfant assis auprès d'un tracteur-jouet. Puis l'air se raréfie et l'enfant se retrouve muré comme par l'effondrement d'un de ces tunnels qu'il creusait jadis sous les hauts bancs de neige. La panique s'empare de lui. Il veut crier, sa bouche est scellée par une sorte de bouchon de lait gelé. Alors, portant la terreur à son comble, la Dame Blanche soulève le banc de neige, le pétrit entre ses paumes, le polit, lui donne la forme d'un œuf de glace et l'enfouit dans son ventre. Charles-Auguste, à demi fou, tâte sa poche de chemise, veut boire un coup d'alcool pour se fouetter les sangs mais le gin résiste, gelé, dans son flacon.

— Y a du sorcier là-d'dans, murmure Montferrand qui vient d'assister à ce spectacle.

Quant au géant Beaupré, la tête toujours coincée sous son haut-de-forme enfoncé jusqu'aux épaules, il n'a rien vu. Marie-Josephte, sans tarder, faisant signe à Montferrand, lui indique la poche où le géant cache la clé et elle le supplie si intensément des yeux que Jos, incapable de rien refuser à une femme, dérobe la clé et la remet à la Corriveau.

— En té cas, affirme Marie-Josephte, on n'est pas pour abandonner Charles dans c' pétrin-là. Laissez-moé faire, j'ai un plan.

Elle déchire son matelas, en répand le contenu. Elle se dépouille de ses vêtements, sort du coffre la cruche de sirop d'érable, la débouche, s'en enduit le corps et les cheveux puis elle se roule si bien dans le duvet et les plumes qu'en moins de deux elle prend l'allure farfelue d'un oiseau blanc. Elle fouille ensuite dans le rebord du matelas, en dégage une petite baguette de cornouiller rouge et la dissimule sous son plumage.

Jos aide Beaupré à enlever son chapeau et lui montre sa compagne métamorphosée.

— Bleu... eu... eu... da... a... a... iveau ? eu... eu... iveau ? interroge le géant.

Mais lorsqu'il entend la voix de Marie-Josephte il paraît rassuré. Celle-ci, avec mille précautions, avec mille chatteries, se met en frais de lui faire part de son plan, d'une partie en tout cas de son plan. Pour en assurer la réussite, elle n'hésite pas même à fausser le but réel de son entreprise. Elle raconte que la Dame Blanche n'est pas si méchante, qu'elle doit s'ennuyer si seule dans la vastitude du ciel et qu'on ne manquerait pas de s'assurer ses bonnes grâces en lui faisant présent, pour une brève période, de cette cage où elle, la Corriveau, vient de se déguiser en colombe.

— Je vais lui gazouiller une sérénade, assure-t-elle, et, charmée par mon ramage, elle va s'endormir. Alors, nous pourrons délivrer sans danger Charles-Auguste et les malheureuses prisonnières.

A son grand étonnement, le géant acquiesce et, se mettant debout, la cage à bout de bras, il l'offre à la Dame.

Montferrand, fort inquiet, veut intervenir mais la Corriveau lui lance : « Toé, tais-toé ! »

La Dame Blanche, sa vaste chevelure de voie lactée déployée à l'infini, hésite en oscillant sa tête couronnée d'un diadème d'étoiles aux lueurs froides, puis, sans se fâcher contre ces intrus à demi camouflés dans les replis de sa robe, elle accepte le cadeau. Longuement, elle regarde l'oiseau bizarre qui roucoule puis, fermant les yeux, elle sombre dans un profond sommeil. Avant de s'endormir tout à fait, elle bâille à plusieurs reprises et la Corriveau, sortant de sa cage, en profite pour voler et s'introduire dans la bouche de l'immense personnage.

Une fois à l'intérieur de la Dame, elle descend jusque dans son abdomen, plane parmi les jeunes femmes exsangues et translucides et atteint bientôt l'endroit où, claquemuré dans un œuf de glace, Charles-Auguste achève d'agoniser.

A l'aide de sa baguette de cornouiller rouge elle parvient bien qu'avec beaucoup de difficultés à briser la coquille et Charles-Auguste, comme revenant brusquement d'un songe, s'écrie : « Tabanak de vieille oreille de coquille de bœu ! qu'est-cé qui s' passe icitte ? »

S'efforçant d'atténuer sa surprise, la Corriveau lui fait signe de se taire. Elle lui raconte à voix basse à quelle mascarade elle a dû avoir recours et, contemplant soudain son travesti, elle a peine à se retenir, malgré le tragique de la situation, pour ne pas s'esclaffer. Charles-Auguste la scrute d'abord d'un œil soupçonneux puis, distinguant soudain parmi les plumes les seins, les cuisses et le pubis, il détourne, intimidé, son regard.

— Ben quoi ? enrage Marie-Josephte, t'as jamais vu une femme toute nue ?

Puis elle lui explique que s'il veut mettre un terme à l'ensorcellement du Monstre, il doit prendre la baguette et l'enfoncer de toutes ses forces dans le nombril de la Dame. Pour les Indiens, assure la rouquine, le cornouiller rouge possédait des vertus magiques en relation directe avec la puissance du soleil. Ils vénéraient les branches de cet arbrisseau au même titre que des rayons de feu ; quant à elle, même si ce bois demeure sans pouvoirs entre les mains d'une femme, elle s'en garde toujours un morceau en guise de porte-bonheur.

Charles-Auguste, effrayé à l'idée d'oser un geste aussi radical, veut argumenter : « Toé, ma vieille oreille de Corriveau, fais-moé pas faire des affaires que j' vas regretter par après... J'ai jamais tué personne, moé... J'ai pas ton habitude... Chu un habitant catholique, moé... tout c' que j' veux c'est ramener ma femme à la maison... »

La Corriveau a toutes les peines du monde à contenir sa colère : « Tabarouette d'esquelette frette, y en a p'us des hommes, y en a p'us des hommes ! T'as pas honte, espèce de guenille ? Moé, chu venue pour te délivrer. A c'tte heure, si tu veux pas de mon aide, retourne dans ton œuf p'is reste-z-y jusqu'à la semaine des trois jeudis, tabarouette ! »

Alors Charles-Auguste, profondément humilié, doit admettre qu'une bataille comme celle dans laquelle l'a engagé son refus de la mort ne peut pas se gagner avec de bons sentiments. Il sort son flacon de gin, en avale une gorgée, marmonne : « J' m'appellerais pas Charles-Auguste Beausoleil si... » Puis, au risque d'éprouver à jamais le remords d'avoir suivi les conseils d'une sorcière, il enfonce violemment la baguette de cornouiller rouge dans le nombril de la Dame Blanche.

92

Aussitôt celle-ci, poussant un cri épouvantable, s'évanouit comme une fumée dans l'espace et Charles comprend que les pires monstres que doit affronter un homme dans sa vie n'ont la plupart du temps pas plus de consistance que les vapeurs de l'illusion.

Une fois la Dame disparue, nos héros se retrouvent sur le sol de la lune, un sol bien dur ne rappelant en rien le ventre-dôme transparent de la Dame Blanche.

Marie-Josephte demande de l'aide afin d'arracher le duvet et les plumes qui la recouvrent et lui confèrent une allure de pitre qui soulève le fou rire de ses compagnons mais son déguisement de volatile adhère si solidement à sa peau qu'elle doit se résigner à attendre le retour sur la terre afin de se laver dans une rivière. Pour l'instant, elle enfile en bougonnant son manteau de chat sauvage.

Autour d'eux errent les jeunes beautés exsangues, sans yeux, sans narines, sans oreilles et sans bouche, maintenant délivrées de l'affreuse prison.

Elles se révèlent si nombreuses et si identiques dans leur translucidité que Charles-Auguste désespère de retrouver rapidement sa femme. S'approchant de l'une d'entre elles, il sent, à son grand étonnement, la baguette de cornouiller se dresser dans sa main et se diriger vers le sein gauche de la malheureuse. Dès que la baguette touche la pointe du sein, le cœur de la jeune femme se remet à battre, ses joues s'empourprent, ses yeux s'ouvrent, ses lèvres se colorent, sa tunique blanche devient une robe rose, et elle se met à danser de joie. Charles-Auguste, bouleversé par le pouvoir dont il se trouve investi, continue son manège et, touchant tour à tour chacune des gracieuses personnes à l'endroit du cœur, il les ressuscite. Il y en a des brunes, des blondes, des rousses, des noires car leurs cheveux retrouvent leur teinte d'autrefois. Et toutes sont si surprises de se voir vivantes de nouveau qu'elles se mettent à sauter, à caqueter, à jacasser comme une bande de jolies perruches. Montferrand, très excité par cette foule froufroutante, suit de près Charles-Auguste, envoyant des œillades à gauche, à droite, frottant les petites mains encore gelées des dames, prenant même parfois la liberté de pincer les fesses de l'une d'entre elles. S'adressant à l'habitant, il dit, pouffant de rire, à voix très forte : « Savez-vous, l' père, que j' donnerais cher pour être greyé d'une baguette magique comme la vôtre ! » Et Charles-Auguste, mal à l'aise, sent la pourpre lui monter aux pommettes.

Alors Jos, sortant sa musique à bouche, tapant du pied, se met à jouer un rigaudon invitant les petites dames à danser pour fêter leur résurrection. Puis, afin d'attirer l'attention sur lui, il commence une harangue : « Mesdemoiselles, mesdames, si vous v'là de nouveau pétantes de santé c'est la Corriveau qu'i' faut remercier. Vous auriez dû la voir, changée en moineau, rentrer par la bouche de la Dame Blanche, arracher Charles-Auguste à son œuf p'is lui dire de tuer le Monstre qui vous emprisonnait. J' sais toujours pas si c'est vrai qu' c'est la vraie Corriveau des légendes mais, vieux carrosse de sainte Epruche ! al' a l'yable au corps p'is c'était beau d' la voir aller. En té cas, foi d' Montferrand, c'tte p'tite femme-là a ben gagné d'être délivrée de sa cage à tout jamais. On l'applaudit tous ensemble. Une bonne main pour la Corriveau. Vive la Corriveau libre ! »

— Vive la Corriveau libre ! reprennent toutes les jeunes beautés, et leurs cris de reconnaissance couvrent les marmonnements de Charles-Auguste qui rouspète : « La Corriveau, la Corriveau, c'est ben beau, mais si mon gin avait pas été gelé j' me serais ben sorti de là tout seul, vieille oreille de bœu... »

— Ecoutez, écoutez, les p'tites mères, reprend Jos, très volubile, vous êtes pas pour vous faire geler les foufounes icitte. Moé, j'ai toujours rêvé d' monter jusqu'au soleil pour l'arrêter dans sa course p'is là, à c'tte heure que nous v'là sur la lune, à c'tte heure qu'on a un bon bout d' chemin de fait, on va continuer à grimper p'is on va aller s' réchauffer arâ l' soleil. Que toutes celles qui aiment s'amuser embarquent avec moé !

Un vaste remuement se fait parmi la foule. Les jeunes femmes remercient vivement leurs sauveteurs mais, pour la plupart, elles émettent le vœu de retourner au plus tôt sur la terre afin d'y retrouver un mari, un fiancé, un amoureux. Quelques-unes toutefois, huit exactement, séduites par le charme de Jos, optent pour le suivre jusqu'au soleil.

Jos, un peu déçu, s'empresse néanmoins de permettre aux autres d'atteindre la terre. Il noue sa ceinture fléchée à celle de Beaupré et, grâce à cette espèce d'échelle, les jeunes femmes, descendant de maille en maille, parviennent jusqu'à la terre.

C'est alors que, parmi les huit qui restent, Charles-Auguste aperçoit Rose Latulipe, ses longs cheveux jaunes relevés en chignon. Il s'élance vers elle : « Marguerite ! Marguerite ! Enfin j' te retrouve, ma p'tite femme. Ma vieille oreille de bougresse, tu peux dire que tu m'en as fait faire du chemin. Mais, à c'tte heure que j' t'ai retrouvée, on va rentrer à la maison tous les deux p'is on va aller se reposer au coin du feu. J' pense qu'on a ben mérité ça, hein ? » Il la prend dans ses bras, l'étreint contre son cœur, l'embrasse sur le front, sur les yeux, sur le nez, sur les joues, puis il s'immobilise comme foudroyé. La jeune femme, en effet, vient de reculer de quelques pas et le regarde avec l'air de ne pas le reconnaître.

— Ben voyons, vieille oreille, bafouille l'habitant, ben voyons, Marguerite, ma p'tite femme en sucre du pays, tu m' feras quand même pas croire que tu me r'connais pas ? C'est moé, Charles-Auguste, ton mari ! Tu m' feras quand même pas croire que chu encore victime d'une vieille oreille d'ensorcellerie ?

La jeune personne continue de l'observer, perplexe, en gardant ses distances et Charles-Auguste, frottant d'une main son menton, se met à rougir comme une tomate en constatant qu'il ne s'est pas rasé depuis son départ précipité du rang du Grand Saint-Esprit. De plus, son haleine sent fortement l'alcool et Marguerite n'a jamais permis qu'il se laisse aller à son faible pour la bouteille. Puis il se voit, debout, là, une baguette de cornouiller rouge à la main, lui, vieillard malingre et hirsute en train de parler à cette jeune beauté de dix-huit ans, et le vertige s'empare de son esprit. Il possède la certitude que Marguerite est bien là devant lui mais elle a dix-huit ans et ne peut certes pas le reconnaître sous les traits d'un vieil homme fatigué ! Il prend donc sur lui et se met en frais de persuader la jeune fille en lui faisant le récit de ses aventures.

Jos revient et dit : « Ecoutez ben, tout l' monde. J' vas prendre mon élan p'is d'un seul coup de savate j' vas aller planter ma botte cloutée dans l' soleil ! On va tous grimper jusque-là p'is on va aller s' réchauffer un brin. »

— Monsieur Jos, l'interrompt Charles-Auguste, sans vouloir aller de contre vos projets, Marguerite p'is moé... euh... mademoiselle, icitte, p'is moé on aimerait mieux rentrer à la maison. Voyez-vous, moé, c' que j' voulais c'était de r'trouver ma femme ; là, ben, je l'ai r'trouvée, a' me r'connaît pas encore parce qu'al' a trop rajeuni d'un seul coup, mais une fois à la maison, chu certain qu'en se retrouvant dans ses affaires tout va se replacer. En té cas, j' vous remercie du fond du cœur pour votre grande aide généreuse que j'oublierai jamais mais si c'était pas trop vous d'mander, voyez-vous, un vieil homme de mon âge, j'aimerais ben rentrer me reposer un peu au coin du feu avec ma p'tite femme.

— Vieux carrosse, le père, lui lance Jos en s'esclaffant, faites donc pas votre casseux d' veillée ! Vous voyez ben qu' les p'tites mères qui sont icitte ont envie d' s'amuser. C'est d' leur âge. A c'tte heure, si vous commencez à craquer du reinquier p'is que vous êtes pas capable de nous suivre, vous pouvez toujours retourner sur la terre vous faire une tisane p'is nous attendre... Pourtant, tantôt, j' vous r'gardais aller p'is vous aviez encore la baguette drette pour un grand-pôpa !...

Les huit ravissantes jeunes femmes s'étouffent de rire et Charles-Auguste, confondu, lisant dans les yeux de celle qu'il prend pour son épouse le même enjouement que chez les autres, accepte, pour ne pas paraître trop vieux, de se mêler à leur troupe folichonne.

— Edouard ! crie soudain la Corriveau en proie à la plus vive frayeur, Edouard ! Aïe ! les hommes, faut faire què'que chose. R'gardez-le donc, là, dans l' fin fond d' l'horizon, r'gardez-le donc, i' est tout en train d' s'égrémiller !

Ils distinguent en effet, à une distance incommensurable, Edouard Beaupré en train de se désintégrer comme un gâteau séché.

Très occupés par la troupe exubérante des jeunes ressuscitées, Charles-Auguste et Jos ont complètement oublié l'existence de Beaupré, et le pauvre géant, indifférent à cette fête, a attrapé à bout de bras un météorite qui passait à proximité de la lune. Déployant en guise de voile son large manteau, il s'est assis sur le morceau d'astre et, pressant son cheval sur son cœur, il s'est laissé emporter dans le vide comme à bord d'un petit bateau.

— Tabarouette d'esquelette frette, je l' sais c' qui s'est passé, reprend la Corriveau en proie à une subite intuition. Je l' sais c' qui s'est passé. Ça, c'est d' ta faute encore, Ti-Charles. Tu fais jamais attention à c' que tu dis quand tu parles devant Edouard. Moé, je l' connais comme si c'était mon propre enfant. Faut toujours surveiller c' qu'on dit devant lui. I'a des affaires qui ont l'air de rien pour nous autres mais lui, des fois, i' s'effarouche à rien. Ça, c'est d' ta faute, Ti-Charles. L'autre soir, avec toutes tes histoires de fin du monde, de poissons morts, de bombes p'is de déluges, j'ai ben remarqué que tu lui avais fait peur. I' a quasiment pas dormi de la nuitte. Ça fait que là, chu sûre qu'i' s'est pris pour Noé p'is qu'i' s'est fabriqué une espèce de bateau p'is qu'i' est parti dans l' vide.

— Moé, j' disais pas ça pour mal faire, marmonne Charles-Auguste, mal à l'aise, mordillant sa moustache.

Le géant, en effet, terrorisé par les propos de l'habitant et se sentant soudain abandonné de tous — surtout depuis la libération de la Corriveau — s'était assis avec son cheval sur le morceau d'astre et s'était laissé emporter vers le fond de l'espace.

Au bout d'un long moment, le ciel se couvrit à ses yeux de bandes colorées assez semblables à celles d'un arc-en-ciel puis il lui sembla que deux longs bras de lumière s'avançaient à sa rencontre comme pour l'accueillir dans quelque étrange paradis. Les bandes roses, jaunes et vertes, prenant la forme d'une ample tunique de femme, se mirent à osciller, à s'ouvrir et à se refermer comme une sorte d'immense accordéon, et des musiques roses, jaunes et vertes s'élevèrent du mystérieux instrument. Tendant la main, le géant se mit alors à cueillir des couleurs, les groupa en un grand bouquet et, constatant qu'elles dégageaient des parfums de fleurs sauvages, il s'y enfouit le nez parmi leurs pétales de lumière musicale.

Mais soudain tout se mit à vaciller, les couleurs cédant la place à une blancheur éblouissante, et le malheureux Beaupré se trouva pris dans la vertigineuse giration d'une sorte de galaxie laiteuse qui l'emporta, sens dessus dessous, comme un paquet de linge dans une sécheuse automatique de buanderette. Sous la violence des secousses, le géant commença même à se désintégrer : la tête, les bras furent projetés dans le vide et, au moment où viennent de l'apercevoir nos héros, il semble évident que la galaxie laiteuse, prenant l'allure d'un remous, va bientôt le transformer en une bouillie blanche.

— Comme ça, d'après toé, lance Jos en rigolant pour se donner une contenance, ton bel Edouard s'est fait une arche comme notre ancêtre Noé... A c'tte heure, on parlera p'us de l'arche de Noé, on va parler de l'arche de Beaupré !

— Toé, mon esquelette frette, fulmine la Corriveau, au lieu de faire des farces plates pour amuser tes blondes, tu f'rais mieux d' te grouiller p'is d' faire què'que chose avant qu'Edouard soit défuntisé ! T'aimes ça faire le faraud devant les femmes ben c'est l' temps d' montrer c' que t'es capable de faire.

Montferrand, piqué au vif, pousse le chant du coq et, arrachant l'un des brancards de la charrette pour s'en faire une gaffe, il saute sur un météore qui passe à proximité. Les jeunes femmes poussent un cri de crainte et d'admiration. Montferrand, stimulé, exécute aussitôt un bond prodigieux et, mettant à profit son expérience de champion-draveur, il va retomber très loin sur un autre fragment de planète. Ensuite, se balançant sur une jambe puis sur une autre, exécutant des moulinets avec sa gaffe, se projetant, merveilleux acrobate, d'astéroïde en aérolithe, il parvient à s'approcher du remous. Attrapant Beaupré par un pied dont les tendons heureusement tiennent encore à la jambe, il le hisse hors du tourbillon. Il récupère les bras et la tête du géant et retrouve même son haut-de-forme suspendu à la pointe d'une petite étoile comme à une patère cosmique.

Poussant de nouveau le chant du coq, fier comme un paon, transportant le géant, le cheval et tous leurs morceaux, sautant d'astéroïde en aérolithe, il revient jusqu'à la lune où l'applaudissent longuement ses huit admiratrices.

Charles-Auguste, frustré d'avoir été pris de vitesse par Jos, marmonne, dressant le poing vers le fond de l'espace : « Ma vieille oreille de galaxie, toé, que j' te rencontre jamais sur mon chemin parce que m'as t' passer dans ma souffleuse ! J' m'appellerais pas Charles-Auguste Beausoleil si... » Puis il s'approche de Beaupré auprès de qui s'active, avec un empressement tout maternel, Marie-Josephte Corriveau.

Encore partiellement drogué de néant, le géant replace péniblement sa tête sur ses épaules et balbutie : « Eu... bleu... eu... da... a... »

— I' dit, traduit la Corriveau, qu'i' avait jamais été aussi ben de toute sa vie. I' dit qu'i' a aperçu de quoi c'est qu'i' cherche depuis toujours. C'est inquiétant en tabarouette parce que c'tte esquelette frette de galaxie laiteuse-là m'avait tout l'air d'être encore une ensorcellerie de la Dame Blanche...

Jos Montferrand, impatient de continuer à impressionner ses spectatrices, s'exclame : « Bon, ben, moé, au lieu d' rêvasser, j' m'en vas grimper jusqu'au soleil. Depuis l' temps qu' j'ai envie de l'arrêter dans sa course, on va toujours ben voir qui c'est qui est le plus fort de nous deux. Voyez-vous, les p'tites mères, chu dans l' meilleur de mon âge p'is j'aimerais ça l' rester le plus longtemps possible. « Après la mort, pas de maison d'or », comme disait mon défunt père. Ça fait que comme j'ai l' goût de faire durer l' plaisir d' la vie le plus longtemps possible, m'en vas ralentir le soleil, m'en vas l'arrêter même, si i' a moyen, pour une dizaine d'années, ça fera toujours ben ça de pris, hein ? M'as commencer par y aller tout seul p'is, si je réussis, m'as revenir toutes vous chercher, p'is on va aller s' chauffer, toute la gang, arâ ce vieux carrosse de gros poêle à bois-là ! »

Les jeunes filles qui, toutes, ont en horreur le temps, encouragent leur héros par leurs cris de joie. Alors Jos pousse de nouveau le chant du coq, prend son élan et s'élève telle une fusée en direction du soleil. Il monte, monte, monte, ne devient plus qu'un tout petit point puis il s'immobilise une seconde et se met à retomber vers la lune. Cri de terreur, tous se bousculent pour se mettre à l'abri en voyant revenir vers eux le projectile humain. Au moment où Jos va heurter le sol et s'y aplatir comme une balle explosive, il exécute une incroyable pirouette et atterrit sur ses pieds avec la souplesse d'un fauve. La vitesse du retour toutefois a été telle que notre champion-draveur s'enfonce dans la lune jusqu'aux oreilles. On accourt auprès de lui et Charles-Auguste, attachant un câble à son tracteur et en donnant l'autre extrémité à Montferrand qui la retient entre ses dents, parvient à le hisser hors du trou.

— Vieux carrosse de sainte Epruche ! rigole Jos pour camoufler sa peur, m'est avis que le soleil est un peu plus haut que j'aurais cru...

Les jeunes femmes, ravies de constater que leur héros vit encore, se pressent autour de lui pour épousseter ses vêtements et l'inviter à un peu plus de prudence. Mais Jos les embrasse toutes sur la bouche, donne à chacune une claque affectueuse sur les lesses, pousse le chant du coq et bondit de nouveau dans l'espace. Il s'y projette cette fois avec une telle puissance qu'il monte, monte, monte et que sa botte cloutée va se ficher profondément dans le soleil.

Vu de la terre ou de la lune, le soleil ressemble à une boule incandescente ; Montferrand n'a donc pas pu prévoir que, de près, le soleil a la forme d'une gigantesque roue assez semblable à celles qu'on voit dans les cirques et auxquelles sont attachées des pièces pyrotechniques qui crachent le feu en pétaradant et en en accélérant la rotation. C'est dans la jante de cette roue que la botte de Jos s'enfonce et aussitôt ce dernier est emporté à une vitesse hallucinante par le mouvement circulaire de l'astre. Le feu se met à crépiter dans ses vêtements, à lui roussir la peau et Jos croit sa dernière heure arrivée. Il regrette bien un peu cette audace qui l'a toujours poussé à se jeter tête baissée dans les plus folles aventures mais cette audace fait également sa fierté ; avant de s'avouer vaincu, Jos bande tous ses muscles et, déployant l'énergie du désespoir, il parvient à arracher son pied de la jante. Vif comme un fauve, il empoigne à bras-le-corps les rais de la roue qui peu à peu se met à ralentir. A mesure que les révolutions de l'astre sur lui-même diminuent, la chaleur et le feu perdent de leur intensité.

Au bout d'une période qui leur paraît interminable, Charles-Auguste, la Corriveau, Beaupré et les jeunes filles demeurés sur la lune distinguent Montferrand arc-bouté contre la roue immense. Au début, tous jubilent en voyant leur compagnon l'emporter dans cette inconcevable lutte de force mais, à mesure que le soleil cesse de tourner, ils s'étonnent en constatant que non seulement le temps s'arrête mais que le sang dans leurs veines ralentit sa course. Leur cœur bat de plus en plus lentement et ils commencent à trembler de peur. Ils s'étonnent aussi car le soleil, en s'immobilisant, s'éteint peu à peu et un grand froid envahit l'univers. Il devient évident que Jos, en stoppant le temps, empêche le mouvement, et ses jeunes admiratrices qui, fraîchement ressuscitées, se voient maintenant sur le point de mourir figées sur place commencent à gémir.

Charles-Auguste résiste tant qu'il peut à l'engourdissement de tous ses membres et, révolté à l'idée que son aventure va se terminer aussi bêtement, il réunit toute sa volonté et parvient à crier : « Lâche-lé, Jos ! Lâche-lé ! T'es en train d' causer la fin du monde ! »

Son hurlement de panique franchit à peine ses lèvres presque inertes et Jos ne l'entend pas. Mais notre héros, toujours cramponné à l'astre-roue, est lui aussi victime de l'arrêt du temps. Perdant peu à peu sa force à mesure que son sang ralentit dans ses veines, il laisse échapper d'un seul coup les rais du soleil. Le soleil, comme pour reprendre le temps perdu, se remet à tourner avec une vélocité effrayante provoquant dans l'espace des secousses qui, tel un raz-de-marée, viennent frapper la lune avec violence et projettent et la lune et tout le monde dans le vide.

Charles-Auguste, agrippé à son tracteur, est emporté à travers ciel, manque de percuter contre une étoile puis retombe vers la terre où il atterrit sans grand dommage dans un énorme banc de neige.

— Tabanak de vieille oreille de bœuf ! jure-t-il en se relevant courbaturé, j'ai encore tout perdu !

Une fois de plus, il se retrouve seul, sans amis, en pleine poudrerie. Une fois de plus il vient de perdre sa femme, et Charles-Auguste va s'abandonner au désespoir lorsqu'il aperçoit près de lui la baguette de cornouiller rouge. C'est bien peu mais ce peu lui paraît de bon augure. Il époussette la neige sur sa salopette de fermier, sur sa chemise à carreaux, cale sur sa tête sa casquette de feutre à oreilles, ouvre son flacon de gin, en avale trois bonnes gorgées. Il marche jusqu'à sa souffleuse, remet le moteur en fonctionnement, prend place sur le siège recouvert d'une peau de mouton et se met en frais de déblayer la route sur laquelle il se trouve.

L'entreprise, cette fois, se complique d'autant

plus sérieusement que, le soleil et la lune ayant disparu du ciel, il règne partout une sorte de pénombre grise qui réduit considérablement la visibilité.

Soudain, il aperçoit, venant vers lui à la course, une créature si curieuse qu'il se frotte les yeux pour s'assurer qu'il n'est pas encore victime d'une illusion.

Il s'agit d'un homme qui s'approche au galop en hennissant et en se fouettant les flancs. Charles-Auguste lui fait signe d'arrêter.

— Hi-han ! hennit le mystérieux personnage, j'ai pas le temps, j'ai pas le temps, hi-han ! j'ai jamais le temps !

— Mais, ralentissez une seconde, vieille oreille de bœu ! Dites-moé au moins dans quel coin du monde que me v'là rendu !

— Hi-han ! icitte vous êtes arâ le Grand Lac Ha ! Ha ! mais j'ai pas le temps, j'ai pas le temps, j'ai jamais le temps, hi-han !

— Mais arrêtez-vous une p'tite minute, vieille oreille, vous avez l'air tout essoufflé. Où c'est qu' vous allez sur ce train-là ? On dirait que l'yable vous pique aux fesses avec sa fourche ! Si j' peux vous aider de què'ques manières, gênez-vous pas pour me l' dire...

Le coureur regarde sa montre : « J'ai dix minutes en avance, j' vas m'arrêter pour reprendre mon souffle, hi-han ! »

Charles-Auguste observe l'homme avec la plus grande stupéfaction. Celui-ci porte une poche sur le dos. Il y puise plusieurs poignées d'avoine qu'il se fourre dans la bouche. Une forte odeur de cheval se dégage de lui. Il fléchit ses deux jambes très velues en arrière, à la manière des jarrets d'un coursier, et s'assoit lentement sur le sol. Sous ses pieds couverts d'une couche de corne, sont cloués de véritables fers. Très nerveux, il ne cesse de regarder sa montre.

— Moé, risque notre habitant, mon nom c'est Charles-Auguste Beausoleil du rang du Grand Saint-Esprit, arâ Nicolet, p'is vous ?

— Moé, hi-han ! c'est Alexis-le-Trotteur, répond l'étrange créature qui éprouve quelque difficulté à s'exprimer car il porte une bride dans sa gueule. Ah ! mon cher monsieur, si vous saviez... et le voici qui se met à débiter à toute allure, mi-parlant mi-hennissant, l'histoire de sa vie.

Dès sa naissance, Alexis-le-Trotteur s'est mis à courir pour fuir la mort. Il prétend même être né en courant ayant pris son élan dans le ventre de sa mère. Il ne dort jamais. Il court plus vite que le temps. Sa hantise est d'être rejoint par le temps. Lorsqu'il a un peu d'avance, il s'arrête puis repart aussitôt en piaffant et en faisant jaillir des étincelles sous ses sabots ferrés. Il se prend pour Poppé, le cheval légendaire du Saguenay. Chaque jour, précédant de peu le soleil, il fait le tour de la terre. Il dépasse en vitesse les plus fringants étalons, exécute sans difficulté des bonds de dix pieds de hauteur et de vingt pieds de longueur. Assez souvent, il se prête à ces cabrioles pour amuser les gens car c'est là son seul plaisir.

Justement, le lendemain, il doit concourir contre le train reliant Chicoutimi à Québec et il prie Charles-Auguste d'assister à ce spectacle. Il a maintenant soixante et cinq ans. Jamais il n'a cessé de courir et il craint de plus en plus d'être rejoint par le temps.

Puis il bondit sur ses sabots, hennit trois fois,

avale une poignée d'avoine, fait jaillir des étincelles, se fouette les flancs, repart au galop et disparaît dans la poudrerie.

Charles-Auguste a beau se répéter qu'il vient sans doute d'avoir un cauchemar et qu'il vaut mieux l'oublier, il ne peut résister à l'envie de se rendre jusqu'à Chicoutimi pour vérifier si, le lendemain, aura lieu la fameuse course. N'étant pas encore habitué à la disparition du soleil et de la lune, Charles-Auguste continue à penser en termes d'hier et de demain. Pourtant il ne règne partout qu'une grisaille uniforme empêchant toute distinction de jour ou de nuit.

Il éprouve une vive pitié pour cette malheureuse créature mi-homme mi-cheval qui, à sa façon, lutte tout comme lui contre la mort et il se dit que, peut-être, il pourra lui être de quelque secours.

Il saute sur son tracteur et, beaucoup plus tard, le voici dans la ville de Chicoutimi. Il se dirige vers la gare. Une foule considérable déjà s'y presse. On échange des paris. Pour ne rien manquer du spectacle, beaucoup de gens n'ont pas hésité à monter sur le toit des maisons. On agite des banderoles, des drapeaux. On boit de la bière en attendant. La locomotive, crachant la vapeur, s'apprête à partir.

Soudain, parmi les applaudissements, apparaît Alexis-le-Trotteur, essoufflé, bride en gueule, hennissant, les narines hérissées de frimas. Il se fourre une poignée d'avoine dans la gueule, jette un coup d'œil sur sa montre, regarde très inquiet derrière lui et, sans s'arrêter un instant pour se reposer, il se lance à la poursuite du convoi qui vient de démarrer.

Stimulé par les acclamations de la foule en fête, il ne tarde pas à rejoindre l'engin. Alors, pour amuser les curieux et sans doute aussi par bravade, il s'engage sur la voie ferrée et court devant le train. Puis, comme prenant plaisir à narguer la mort, il se met à exécuter des culbutes, des pirouettes de plus en plus extravagantes portant à son paroxysme l'enthousiasme des spectateurs massés sur des milles le long du chemin de fer.

Un grand cri soudain s'élève : Alexis-le-Trotteur vient de glisser sur un morceau de glace. Il tombe sur les rails et est broyé sous les roues crissantes de la locomotive.

La fin atroce du Trotteur attise en Charles-Auguste une révolte qu'il a toujours refoulée jusque-là. Il lui semble qu'il vient de perdre un ami très cher dans cet homme-cheval qui a si admirablement et si vainement lutté contre le temps. Il pense au géant Beaupré, à Jos Montferrand, à la Corriveau, aux jeunes filles de la lune ; eux aussi peut-être ont tous été broyés sous les roues de la locomotive du destin.

A l'idée que son aventure pourrait se terminer de façon aussi absurde sans qu'il soit arrivé à ramener sa femme à la vie, une telle rage s'empare de tous ses membres qu'il se reproche sa trop grande douceur envers un adversaire aussi brutal que la mort. Ne parvenant plus à se contenir, il avale coup sur coup plusieurs lampées de gin et, comme l'alcool lui brûle les entrailles à la manière du feu qui bouillonne au centre de la terre, il se rappelle de façon très précise les paroles de Grand Sifflète, le chef des gars de la Chasse-Galerie : « Ecoute, Charles, si tu veux lutter contre la mort, i' va falloir que tu t' ranges de notre bord. T' auras pas le choix. A partir du moment qu'un gars s' met à picosser le temps, i' finit toujours par être obligé d' picosser le Responsable. Nous autres, c'est pas contre la mort qu'on est révoltés, c'est contre le Responsable. Depuis plus de cent ans, les loups-garous p'is nous autres on travaille en dessous des Vieilles Forges, on prépare des armes de fer, des obus, p'is quand on va être fin prêts on va partir en guerre contre le Responsable de la mort p'is on va avoir notre revanche... »

Charles-Auguste s'était signé en entendant de tels blasphèmes puis il s'était écrié : « Allez-vous-en, bande de vieille oreille de renégats, bande de protestants communisses ! » Et Grand Sifflète d'ajouter : « T' auras pas le choix. On finira par se revoir, mon Charles... »

Aujourd'hui, notre habitant est si emporté par sa colère et par son indignation devant la fin du Trotteur, que, pour un peu, il irait demander de l'aide à ces damnés. Il hésite longuement puis, soudain pris de remords à la pensée d'avoir souhaité la compagnie de ces créatures de l'enfer, il décide de tenter une fois de plus de retrouver Marguerite par ses seuls moyens. Après quoi, il rentrera à la maison et s'efforcera d'oublier toutes les péripéties de cette quête invraisemblable.

Obéissant à une intuition, il dépose sur le sol gelé la baguette de cornouiller rouge qui, à la manière d'une aiguille de boussole, indique la direction nord-nord-ouest, et Charles-Auguste a la certitude qu'en s'orientant selon cette indication il ne pourra pas se tromper.

Il reprend place, à l'intérieur de la cabine de toile à fenêtre de mica, sur le siège recouvert d'une peau de mouton. Il met le moteur en marche, allume les phares, et les deux larges spirales d'acier de la souffleuse, tournant avec force, mordent à pleins crocs dans les blocs de neige durcie.

Au bout de quelque temps, il n'y a plus de route et la machine, avançant, reculant, fonçant par coups, doit s'ouvrir un chemin à travers les forêts touffues et les montagnes. Elle heurte parfois des chicots d'arbres, des souches et, chaque fois, Charles-Auguste craint qu'elle ne se détraque mais l'engin est aussi têtu que son maître et la souffleuse continue de projeter la neige par son tuyau recourbé.

Pendant une période qui, avant la disparition de la lune et du soleil, aurait duré sept jours et sept nuits, notre voyageur progresse contournant les obstacles, depuis le Lac-aux-Ecorces, le lac Métascouac et la rivière Métabetchouane. Il longe le lac Quaquakamaksis, atteint la rivière Owachouanish, le lac Panache, la Baie-des-Loups, le lac Serpent et le lac Ecarté.

La poudrerie, de nouveau, fait rage. Epuisé, les yeux presque complètement fermés par le frimas, tremblant de froid et de peur à l'idée de se savoir aussi totalement seul dans ces paysages sauvages du fin fond de l'Abitibi, il s'entête à poursuivre mais il s'égare. Il circule en tous sens parmi d'innombrables bouleaux qui ressemblent à des os dressés et, au moment où, pris de vertige, il va perdre tout espoir, voici qu'il voit scintiller, faible lueur, une lampe à huile allumée dans un camp de trappeurs.

Charles-Auguste pousse la porte, se laisse tomber sur une chaise. Un bon feu crépite dans la fournaise-tortue. La cabane semble vide mais un remuement sombre attire l'attention de l'habitant. Dans un coin, sur une paillasse, un gros ours vient de se redresser en bâillant et en étirant ses pattes griffues. Charles-Auguste veut fuir mais la bête s'adresse à lui en ces termes :

— Quel bon vent t'amène, le vieux ? Sauve-toé pas ! C'est pas tous les jours que j'ai d' la visite par icitte. Là, j' m'étais roulé en boule pour l'hiver mais, à c'tte heure que me v'là réveillé, tire-toé une chaise p'is reste un peu à jaser avec moé.

— Vieille oreille de bœu ! murmure Charles-Auguste en mordillant sa moustache, i' manquerait p'us rien que les ours se mettraient à parler à c'tte heure ! Moé, j' dois être en train d' virer fou...

— Tu vires pas fou, l' vieux, répond l'animal mi-parlant mi-grognant, tu vires pas fou, c'est moé qui a viré ours quand j'étais p'tit. Oui, monsieur, aussi vrai qu' vous êtes là, j'ai été emmorphosé en ours quand j'étais p'tit... T'as dû entendre parler de moé par ton père, garanti, parce que tout l' monde raconte mon histoire, le soir, au coin du feu. Mon nom c'est Jean-de-l'Ourse, Ti-Jean Poilu pour les intimes.

Le monstre se lève. C'est un ours noir énorme mesurant sept pieds de haut. Charles-Auguste, bien sûr, a souvent entendu conter l'histoire de Ti-Jean Poilu mais il n'a jamais cru à l'existence de ce personnage de légende et, pour l'instant, il demeure figé de terreur près de la porte.

Ti-Jean Poilu ouvre deux boîtes de fèves au lard qu'il verse dans une casserole, coupe du pain, apporte des bières et ces gestes humains parviennent d'autant mieux à rassurer l'habitant que ce dernier meurt littéralement de faim. Il prend donc place à la table, face à l'ours, et se met à manger avec voracité tout en surveillant du coin de l'œil les agissements de la bête qui vient d'entreprendre le récit de sa vie.

Enfant perdu dans la forêt, Ti-Jean a été allaité par une ourse. Retrouvé par un chasseur, il avait le corps couvert de longs poils et courait à quatre pattes. Bien que dépourvu de méchanceté, il ne pouvait s'adapter à l'école où il cassait bras et jambes de ses compagnons rien qu'à les toucher car sa force tenait du prodige. Plus tard, il se fit fabriquer une canne d'acier de mille livres dont il se servait pour aller à la pêche. Un jour, il captura un monstre marin qui venait de manger le soleil et Ti-Jean rendit la liberté à l'astre du jour. Ses exploits étaient innombrables. Il avait vaincu Grand Cipine, le géant qui, en guise de crochets, utilisait les pointes de sa moustache pour transporter les troncs d'arbres... Puis il met Charles-Auguste en garde contre Corps-sans-Ame et Ame-sans-Corps, deux géants fous liés ensemble comme des siamois par le Lutin Noir que, de l'avis général, on s'accorde à considérer comme le responsable de tout ce qui va mal sur la terre...

Enfin, il parle du seul obstacle devant lequel il a dû s'avérer vaincu. Il s'agit d'une caverne située non loin de là, près du grand Lac Hagard. Elle s'appelle Le-Trou-du-Diable. Ceux qui ont eu la témérité d'y entrer n'en sont jamais revenus. On raconte qu'au bord de la caverne s'ouvre un trou qui communique avec les profondeurs de la terre où s'élève un donjon gardé par le dragon Miroir. Ce dragon sort parfois de la caverne mais tous les héros qui l'ont affronté ont été dévorés. Toutes les écailles du dragon, dit-on, sont des miroirs et, lorsque les héros s'approchent de lui pour le frapper avec leur épée, ils aperçoivent leur propre image reflétée et hésitent à plonger leur arme dans le corps du monstre de peur de se tuer eux-mêmes. On affirme même qu'un géant, réputé pour sa hideur, n'a pas eu le courage de lancer son épieu dans sa propre image tant chacun est attaché à son corps aussi laid puisse-t-il être ! Le dragon, bien sûr, tire parti de cette faiblesse et en profite pour croquer ses adversaires. Quant au donjon souterrain, continue Ti-Jean Poilu, la rumeur veut qu'une belle princesse du nom de Marguerite y soit retenue prisonnière depuis des temps immémoriaux.

A ce nom, Charles-Auguste, bien qu'à moitié engourdi par l'endormitoire, sursaute. Il demande tous les détails de l'emplacement et affirme que, dès le lendemain, il se rendra délivrer la malheureuse. Ti-Jean Poilu, toisant l'habitant malingre, ne peut s'empêcher d'éclater de rire. Un rire énorme qui ébranle la cabane de rondins.

Charles-Auguste, humilié, ne peut toutefois que constater l'état lamentable de sa constitution de vieillard fatigué par tant d'errances et il se prend à envier son compagnon. Il l'envie même tellement que, brusquement, sans savoir s'il doit attribuer cette métamorphose à l'alcool qu'il vient d'ingurgiter en grande quantité, il se retrouve dans la peau de Jean-de-l'Ourse. Tout son corps se couvre d'un long poil noir, ses ongles s'allongent en griffes puissantes, ses dents deviennent des crocs. De plus, sa fine baguette de cornouiller rouge se transforme en une lourde épée d'acier qui ressemble à la canne de Ti-Jean Poilu. Charles-Auguste, bien au chaud dans cette fourrure, se roule en boule sur la paillasse et, seul maintenant dans cette cabane perdue dans le fin fond de l'Abitibi, il ne tarde pas à s'endormir. Le lendemain, se rassure-t-il, l'hallucination se sera dissipée, et il pourra reprendre sa route.

A son réveil, toutefois, il s'épouvante en constatant qu'il est toujours couvert de longs poils noirs. Il marche sans difficulté sur ses pattes de derrière mais il n'en est pas moins devenu un ours énorme de sept pieds de hauteur. Il s'assoit, réfléchit longuement et, décidant d'utiliser au mieux cette transformation, il emporte son épée d'acier, son flacon de gin et sort dans la poudrerie. Se fiant aux indications de Ti-Jean Poilu, il se dirige sans tarder vers le grand lac Hagard afin de tenter une fois de plus de délivrer sa femme Marguerite.

La visibilité étant fort réduite à cause des rafales de neige et de l'absence du soleil, Charles-Auguste avance avec précautions lorsque, brutalement, une créature immonde se jette sur lui l'envoyant rouler sur le sol. Il va se relever pour livrer combat mais il reste interdit. Devant lui s'esclaffe un énorme personnage, rond de partout, hideux, complètement nu malgré le froid. Il porte, tel un câble enroulé autour de lui, un long cordon ombilical et rit à se décrocher les mâchoires. Charles-Auguste ne tarde pas à savoir que le géant s'appelle Ombilic, qu'il est l'ami de Ti-Jean Poilu. Il ne tarde pas non plus à s'apercevoir qu'Ombilic ne possède guère plus de cervelle qu'un moineau. Il saute partout, s'amusant à des tours de force : il arrache des chênes, casse des pierres avec ses poings et ne cesse pas de rigoler.

Charles-Auguste, toujours aussi futé, observe le monstre hilare et se dit en lui-même qu'il pourrait tirer parti de cet hurluberlu. Il lui confie donc son projet et Ombilic, trop dépourvu de sens pour connaître la peur, le conduit directement au Trou-du-Diable.

Malgré la puissance que lui confère sa nouvelle nature d'ours, notre habitant frémit en apercevant la caverne dont tout le pourtour se hérisse de pointes de pierre effilées qui ressemblent à des dents et donnent à l'entrée l'allure d'une gueule de fauve.

Charles-Auguste prie Ombilic de rester à l'extérieur et de l'attendre. Quant à lui, il saisit dans sa patte le bout du cordon ombilical qu'il déroule et, s'en servant comme d'un fil d'Ariane, il se dirige hardiment vers la grotte. Il en franchit avec prudence les dents tranchantes puis il s'engage à l'intérieur.

Le cordon d'Ombilic a la consistance d'un cuir très solide et Charles-Auguste en apprécie rapidement l'utilité. En effet, cheminant à tâtons dans le noir, se heurtant à des parois gluantes de champignons et de mousses, la tête frôlée par des chauves-souris, il se met soudain à glisser sur une pente de glaise et se retrouve au fond d'une sorte de puits où s'engouffre un torrent violent.

Il règne là une curieuse lueur qui lui permet de distinguer à ses pieds un trou ressemblant à une bouche d'égout. Le torrent disparaît dans ce trou avec un gargouillis terrifiant et Charles-Auguste qui a de l'eau jusqu'à la ceinture ne parvient qu'à très grand-peine à ne pas être aspiré dans ce gouffre.

Une main soudain empoigne l'une de ses chevilles et serre si fort qu'il ne peut retenir un cri d'horreur. Quelqu'un s'agite là, dans le remous, un corps qui sans doute vient d'être charrié par le courant tumultueux, un noyé qui se retient désespérément pour ne pas être avalé par la bouche d'égout. Charles-Auguste, tenant toujours d'une main le cordon d'Ombilic, plonge, malgré sa répulsion, son autre bras sous les flots, saisit un paquet de linge et, de toute sa force d'ours, hisse vers la surface la malheureuse créature qui lui enfonce ses ongles dans la peau du jarret. Une figure apparaît, les yeux dilatés par la peur, au-dessus du bouillonnement liquide.

— Tabanak de vieille oreille de bœu ! hurle Charles-Auguste, mais c'est moé ! C'est moé-même ! Ou c'est mon défunt père !

Il vient en effet de sortir des eaux la tête d'un vieil homme dont les traits sont en tous points identiques aux siens mais peuvent également être ceux de son père et notre habitant, pris de panique, se croyant devenu fou, relâche sa prise qui disparaît entraînée dans les profondeurs par la puissance du torrent. Charles-Auguste, remis de sa surprise, tente de rattraper son double mais il dérape et est à son tour engouffré dans la bouche d'égout.

Il tombe longtemps jusqu'au moment où, s'agrippant à un buisson de ronces, il parvient à se mettre à l'abri dans une crevasse. Il vient d'échapper à la noyade et afin de s'éloigner de cette chute, il pénètre plus avant dans l'anfractuosité de la paroi. Plus il avance, plus augmente une odeur insupportable assez semblable à celle d'un dépotoir. Il veut retourner sur ses pas mais la perspective d'affronter de nouveau l'abîme où vient de périr le double qui était ou lui-même ou son défunt père fait en sorte qu'il continue de progresser.

Il marche, marche jusqu'à l'épuisement dans des tunnels visqueux zigzaguant en tous sens. Parfois, il lui faut ramper tant l'espace devient exigu et plus il s'enfonce dans ces dédales de boue, plus il serre dans sa patte le cordon d'Ombilic qui seul peut lui permettre de retrouver l'entrée de la grotte.

Puis il se met à rencontrer des êtres bizarres qui lui sourient béatement. Certains le regardent passer en balançant sur leurs épaules une tête énorme et flasque qui paraît remplie d'eau. D'autres, couchés en fœtus sur le sol mouillé, sucent leur pouce. D'autres exécutent inlassablement des culbutes. D'autres, les pieds palmés, le scrutent avec des yeux globuleux de crapauds. D'autres, dépourvus de membres, ressemblent à des blocs hideux de gélatine mauve. Mais tous lui sourient et semblent heureux de leur sort.

La puanteur devient si intolérable dans ce labyrinthe qui pourrait être comparé aux boyaux d'un intestin géant que Charles-Auguste se met à courir. Mais il débouche dans un cul-de-sac.

Dans un coin, une petite femme toute noire pleure recroquevillée. Charles-Auguste s'approche. La dame porte des bottines à boutons et une robe à col de dentelle. Lorsqu'elle lève les yeux vers lui, il recule jusqu'à la paroi, son cœur battant à tout rompre, l'esprit complètement effaré car il vient de reconnaître dans les traits de la désespérée ceux de sa propre mère à l'âge de dix-huit ans telle qu'il l'a vue jadis sur une photographie de zinc.

— Môman, bafouille-t-il, môman Audeflède, quoi c'est qu' tu fais dans un trou pareil ?... Me reconnais-tu ? C'est moé, c'est ton p'tit Charles... Aie pas peur, môman, chu emmorphosé en ours mais aie pas peur de moé c'est ton p'tit Charles qui t' parle...

Il n'ose toutefois se jeter dans les bras de la défunte de peur d'être victime d'une hallucination. Alors la femme en noir qui ne cesse de sangloter sort de la poche de son tablier une pomme magnifique et la tend à Charles-Auguste qui croit comprendre qu'elle a conservé pour lui, intact dans ce lieu pestilentiel, ce beau fruit rouge. Il le porte à sa bouche mais le crache aussitôt car la pomme n'est qu'une boule de glaise.

La femme, de toute évidence, n'est pas responsable car ses pleurs redoublent, et Charles-Auguste, malgré le dégoût qui s'empare de plus en plus de lui, s'approche pour apaiser le chagrin de sa mère. Mais, lorsqu'il pose sa patte sur les cheveux d'Audeflède, la délicate dame noire se décompose sur place tel un cadavre en putréfaction et ne tarde pas à disparaître confondue à la boue infecte du sol.

— Môman ! crie Charles-Auguste, môman, va-t'en pas comme ça ! Laisse-moé pas tout seul !

Les yeux brouillés de larmes, l'habitant s'effondre sur le sol, se met à creuser pour s'engouffrer à la poursuite de sa mère, et il s'emplit la bouche de fange.

Une grande merveille alors se produit car cette bourbe a le goût délicieux du miel. L'odeur écœurante fait place à celle d'une cuisine où l'on fabrique des confitures. Charles-Auguste en mange de nouveau. Cette fois, la glaise a la saveur des fraises et des bleuets, et comme notre héros se meurt de faim, il se met à s'en empiffrer. Plus il en bâfre, plus le lieu abject se transforme. Sur les parois et le plafond coulent des confitures de framboises, de gadelles. Charles-Auguste se gave, se régale de tous ces jus sucrés, très excité par l'euphorie qui remplace si subitement sa détresse. Il puise à pleines pattes dans les sucreries, s'y vautre même sans se rendre compte qu'il s'y enlise peu à peu comme en des sables mouvants et que sa taille ne cesse de diminuer. Il n'est pas plus gros qu'un enfant de quelques mois lorsqu'il aperçoit, au plafond, une main immense qui verse de la cire chaude. Heureusement pour lui, avant de perdre toute conscience et de sombrer dans une béatitude mortelle, il comprend dans un éclair de lucidité qu'on est en train de le sceller dans cette grotte comme en un pot de confitures. Attrapant son épée, qu'il s'étonne de pouvoir encore soulever, il frappe de toutes ses forces contre la couche de cire. Le charme est rompu. Charles reprend sa taille d'ours, la confiture disparaît et il se retrouve debout dans le tunnel de glaise dont l'un des murs, en s'affaissant, révèle une vaste clairière. Il était temps car le sol, secoué de vibrations, annonce l'approche du dragon.

— Vieille oreille d'ensorcellerie ! jure Charles-Auguste, j'ai failli me faire attraper comme un enfant !

Il vérifie la solidité du cordon d'Ombilic, aiguise ses griffes contre la lame de son épée et se met à réfléchir afin de trouver une ruse pour affronter le monstre.

Les écailles du dragon sont des miroirs, a révélé Ti-Jean Poilu, et personne n'arrive à le vaincre car personne n'a le courage de frapper sa propre image. Charles-Auguste ouvre son flacon et boit le plus de gin possible. L'alcool ne tarde pas à faire effet et bientôt notre héros se met à voir double. De cette manière, pense-t-il, je verrai deux dragons, c'est-à-dire deux Charles-Auguste reflétés dans deux dragons. Il ne me restera qu'à tuer l'une de mes deux images en espérant tuer le vrai dragon. De toute façon, se persuade-t-il, cela me donnera deux chances au lieu d'une.

Il en est encore à se féliciter de sa trouvaille lorsqu'il a devant lui deux Charles-Auguste ou plutôt deux ours noirs car il demeure toujours

« emmorphosé ». Malgré la force de sa résolution, il a un moment d'hésitation car il craint, en se frappant lui-même, de mettre stupidement un terme à son aventure. Mais il se répète : « J'm'appellerais pas Charles-Auguste Beausoleil si... », il serre ses griffes sur le pommeau de son épée et l'enfonce jusqu'à la garde dans l'une de ses images.

Charles-Auguste entend un hurlement épouvantable suivi d'un fracas de miroirs. Puis il éprouve dans sa poitrine la douleur d'une profonde blessure. Alors sa stupéfaction atteint son comble car il constate que le dragon n'a jamais existé ailleurs que dans son imagination. Il vient en effet de se frapper lui-même et c'est une partie de lui qui, se détachant de son corps, s'abat à ses pieds, se tord sur le sol et meurt.

Aussitôt, une grande lumière emplit la clairière au bout de laquelle s'élève un château aux tours crénelées. L'habitant y court, grimpe l'escalier en spirales de pierre du donjon, brise une lourde porte et presse sur son cœur la belle princesse qui dépérissait en ce lieu sinistre. Malgré le hennin pointu qui coiffe ses cheveux jaunes, il reconnaît immédiatement en elle la jeune fille de dix-huit ans qu'il avait délivrée sur la lune, cette jeune fille qui, tout en ayant les traits de Rose Latulipe, est sa femme Marguerite.

Il a oublié toutefois son apparence d'ours velu et la princesse, se dégageant de ses pattes, s'enfuit terrifiée se réfugier derrière son rouet et son métier à tisser. Charles-Auguste la rassure, lui parle de la Dame Blanche, de Jos Montferrand, de la lune mais la jeune effarouchée ne semble conserver aucun souvenir de ces personnes et de ce lieu. A la fin, pourtant, elle re-

124

prend confiance et tous deux se mettent en marche en suivant à rebours le long cordon d'Ombilic.

Les labyrinthes de glaise infects et le torrent ont fait place à un souterrain sans obstacles et ils parviennent bientôt au trou qui conduit à la surface.

Charles-Auguste appelle Ombilic qui, toujours hilare, lui répond d'en haut car, à la mort du dragon, la caverne à dents s'est volatilisée permettant au géant grotesque de parvenir jusqu'à l'orifice du puits qui avait engouffré notre habitant.

Charles-Auguste, voyant enfin le terme de son périple, s'affaire, très heureux. Il noue le cordon à la taille de Marguerite et demande à Ombilic de remonter la belle princesse jusqu'à la surface. Ensuite, Ombilic enverra de nouveau son cordon au fond du trou et remontera Charles-Auguste.

Marguerite est hissée tel que prévu puis Charles-Auguste entend un grand vacarme et se trouve brusquement plongé dans la noirceur complète. Ombilic, voulant garder pour lui seul la jeune beauté, vient de rouler une montagne sur l'ouverture et d'emmurer vivant notre héros sous la terre.

— Tabanak de tabarnaque de vieille oreille de tabarnaque de bœu ! sacre Charles-Auguste sans se rendre vraiment compte qu'emporté par la colère il vient d'utiliser l'un des jurons jadis frappés d'interdit par son épouse.

Incapable de remonter, il s'empresse de retrouver à tâtons la dépouille du dragon ou plus précisément de cette partie de lui-même qu'il a occise dans le combat. Il la dépèce. Il en tresse les nerfs, s'en fabrique deux câbles, y attache des os à intervalles réguliers et, muni de cette curieuse échelle, il retourne vers le puits.

A plusieurs reprises, il lance son échelle vers le sommet. Elle finit par s'y accrocher à quelque ronce et Charles-Auguste, prudemment, grimpe. Il ne peut toutefois sortir sans soulever la montagne qui obstrue l'orifice et, malgré toute sa force d'ours, manquant d'un point d'appui solide, il ne parvient guère qu'à la faire bouger un peu.

Au moment où il va désespérer de jamais revoir la lumière du jour, la boule de roche bascule comme par enchantement et Charles-Auguste se retrouve dehors.

Un géant timide, habillé en bûcheron, est assis sur le sol couvert de neige et s'allume une pipe d'où s'élèvent de véritables cumulus de fumée.

Passant par là, le fantastique personnage, qui mesure bien une centaine de pieds de hauteur, a poussé sur cette montagne de sous laquelle provenaient les grognements de Charles-Auguste. Mais voici qu'il se dresse et menace d'abattre sa hache sur le crâne de notre habitant qui bout de rage en expliquant qu'il se trouve actuellement « emmorphosé » en ours.

Les présentations sont rapides. Le géant s'appelle Modeste Mailhot. Il travaille dans les chantiers du nord et, en ce moment, il retourne à son village natal de Saint-Pierre-les-Becquets pour y demander en mariage sa fiancée géante.

Charles-Auguste le prie de lui venir en aide afin de retrouver l'infâme Ombilic mais Modeste Mailhot, de nature benoîte, refuse de s'engager dans cette aventure. Il a promis à sa fiancée de ne pas se bagarrer et de ne pas prendre une goutte de boisson et il tient à respecter la parole donnée.

Charles-Auguste, en qui commencent de s'éveiller les volcans de l'agressivité, s'en prend au gros Mailhot lui remontant qu'un homme, un vrai, ne doit jamais laisser brimer ses envies par qui que ce soit y compris par sa femme. Il s'étonne de ses propos violents mais c'est comme si quelqu'un d'autre en lui venait de prendre la parole :

— Regarde-moé comme i' faut, tabarnaque ! Regarde-moé, Mailhot, là, j'ai soixante et dix ans sonnés à l'heure qu'il est, soixante et dix vieille oreille d'années passées à pas avoir le droit de prendre mon p'tit gin tranquille dans ma propre maison, tabarnaque ! à pas avoir le droit de lâcher un bon «tabarnaque» de temps en temps pour me calmer les nerfs. Soixante et dix vieille oreille d'années à prendre sur moé, à faire des nœuds dans mes envies, à ramper comme une couleuvre pour faire plaisir au curé, à mon défunt père, à ma défunte mère p'is à ma femme. Moé, Charles-Auguste Beausoleil, j'ai fait plaisir à tout l' monde dans ma vie, mon gros Mailhot, mais j' me suis jamais fait plaisir à moé. J'ai passé ma vie à m' répéter que j'étais heureux mais là, à l'âge que j'ai, j' viens de m' rendre compte tout d'un coup que j'ai été un habitant respectable aux yeux du monde mais que j'ai jamais respecté mon monde à moé... Ecoute, Mailhot, attends pas d'avoir mon âge pour te rendre compte que t'as pas vécu, attends pas d'avoir mon âge parce qu'à c' moment-là, un gars, i' peut devenir féroce (il fonce vers un arbre et en arrache l'écorce avec ses griffes). Ecoute mon conseil, mon gros Mailhot, laisse pas les jupes mener ta vie, toutes les ceuxses qui ont des jupes : les curés p'is les bonnes femmes, m'entends-tu ? Tiens, prends une shot de gin si t'es un homme, vieille oreille de tabarnaque de bœu !

Charles-Auguste, agité par une fureur incontrôlable, gesticulant avec véhémence, s'arrête et écoute plein d'étonnement les dernières bribes de son discours. Il se demande s'il n'est pas brusquement possédé par le démon. Un loup-garou, lui semble-t-il, camouflé dans son ventre, parlait à sa place. Le plus bizarre c'est que, malgré le remords qu'il en éprouve, il n'a nulle envie de le faire taire. Il ouvre son flacon, s'étonne de constater que, depuis le début de son aventure, il ne se vide jamais, en avale plusieurs gorgées et le tend à Modeste qui, impressionné, n'ose pas refuser.

— Après tout, Charles, risque l'énorme personnage, vous avez peut-être raison. Faut ben qu'un gars s'amuse un peu avant l' mariage en cas qu'i' s'amuserait p'us pantoute après... P'is moé, comme c'est là, dans l' fond des bois, j'ai pas de chums pour célébrer mon enterrement de vie de garçon, ça fait qu'on peut ben s' faire une p'tite fête rien qu'à nous deux.

Il sort sa musique à bouche, se met à jouer des reels. Les deux hommes boivent avec tant de fringale qu'à la fin ils sont complètement ivres. Alors Mailhot parle d'emporter jusque chez lui la montagne. A force de la rouler, il va la polir comme un diamant, l'user, la réduire et, l'enchâssant dans une bague, il va l'offrir à sa fiancée géante.

Il se lève, titube, bascule sur le dos en éclatant de rire, se remet sur pieds et, poussant l'énorme quartier de roc, il se met en route à travers monts et forêts. Zigzaguant, il roule devant lui la montagne qui, sous son poids, creuse les lits sinueux des rivières qui, depuis lors, serpentent de façon extravagante à travers les comtés de Berthier, de Saint-Maurice et de Maskinongé.

Aux abords du village de Saint-Pierre-les-Becquets, toutefois, le géant, un peu remis de sa cuite, honteux d'avoir manqué à la parole donnée et craignant les remontrances de sa fiancée, abandonne dans un fourré la montagne diminuée par les heurts du parcours. Il l'abandonne à l'endroit précis où l'on peut encore la voir

aujourd'hui, en bordure de la route panorami-
que qui longe le fleuve Saint-Laurent. Elle n'a
plus que les dimensions d'une très grosse pierre
sur laquelle une inscription rappelle, fort dis-
crètement il est vrai, la prouesse amoureuse de
Modeste Mailhot.

Après avoir emmuré Charles-Auguste sous la terre, le traître Ombilic, très excité par la beauté de Marguerite et désireux de la conserver pour lui seul, avait jeté cette dernière sur son épaule tel un léger paquet et s'était mis à courir vers les hautes montagnes sauvages du nord.

Enorme et rond, le cuir de sa peau le protégeant du froid, son long cordon ombilical enroulé autour de la taille comme autour d'un treuil, il courut nu dans la tempête avec d'autant plus de facilité que ses pieds largement évasés lui tenaient lieu de raquettes l'empêchant d'enfoncer dans la neige.

Au début, Marguerite, terrorisée, avait tremblé de tous ses membres craignant d'être violée par ce monstre puis elle s'était bien vite rassurée car les traits hilares de la figure d'Ombilic ressemblaient à ceux d'un bébé de six mois et, surtout, ce curieux phénomène ne possédait pas de sexe.

Alors, elle avait déposé des baisers sur les aiguilles des conifères et quelques-unes de ces feuilles de chêne qui, racornies, persistent, l'hiver durant, à demeurer attachées à leur pétiole ; et chaque feuille et chaque aiguille touchées par les baisers s'étaient changées en clochettes d'or.

Au bout de plusieurs heures, Ombilic avait fait halte dans une clairière, s'était assis sur une souche et, admirant d'un air béat sa captive, il avait sorti d'une poche de peau fixée à son ventre, semblable à celle des kangourous, un très gros suçon rose et un grand violon. Lorsqu'il connaissait une vive joie, il jouait de son instrument mais cette fois, craignant d'être entendu par Charles-Auguste, il hésitait, mordillait son suçon, observant Marguerite et étudiant la direction du vent.

La jeune fille, voyant qu'il se mourait d'envie de jouer, lui dit, pour ruser, qu'elle allait danser pour lui seul s'il lui faisait de la musique. Alors Ombilic ne put pas résister et, empoignant son crincrin, tapant du pied, il frotta l'archet sur les cordes avec une telle force que les rythmes de ses reels et de ses rigaudons firent vibrer toutes les clochettes d'or.

Aussi, lorsque Charles-Auguste, se dégageant des brumes de l'ivresse et retrouvant peu à peu sa lucidité, entend le son cristallin des feuilles de chênes et des aiguilles de pins, il se met sans tarder à suivre le chemin que balise ce carillon d'or.

Toujours « emmorphosé » en ours, il lui est aisé de courir à quatre pattes sur la neige et, en peu de temps, franchissant savanes et montagnes, il atteint la clairière où le gros Ombilic, suçon rose aux babines, jouant avec frénésie sur son violon, complètement fasciné par la danse de Marguerite, ne s'aperçoit pas de son arrivée.

Sans perdre une seconde, Charles-Auguste bondit sur le monstre et d'un seul coup de son épée il lui coupe son cordon. Le géant pousse un cri terrible. Charles-Auguste, profitant de sa surprise, lui plonge son arme dans le nombril et Ombilic bascule raide mort sur le sol.

Cette fois, Marguerite, reconnaissant son sauveteur, est si heureuse que, dans un élan spontané, elle s'élance vers lui, lui saute au cou et l'embrasse malgré le long poil noir de sa figure. Alors, une merveille se produit.

En un clin d'œil, notre habitant se retrouve « démorphosé ». Sa peau d'ours, se détachant de lui, tombe à ses pieds. Sa lourde épée redevient une baguette de cornouiller rouge. Et Charles-Auguste, indiciblement bouleversé, s'aperçoit qu'il a maintenant le corps d'un jeune homme de vingt ans. Finis les rides, les courbatures, les cheveux blancs, la peur de la mort !

— Tabanak de vieille oreille de bœu ! s'écrie-t-il, éblouissant de juvénilité. Marguerite, mon amour, on r'commence notre vie dans le plus beau ! Me r'connais-tu, au moins, à c'tte heure que chu p'us un vieux croulant, hein, me r'connais-tu, ma p'tite bougresse ?

— Y a si longtemps que j' t'attends, Charles, murmure la jeune amoureuse, y a si longtemps que j' t'attends...

— J'ai ben cru, moé itou, qu'on se r'verrait jamais, lui confie son mari, mais à c'tte heure que nous v'là réunis, ma p'tite femme en sucre du pays, on s' quittera p'us jamais, jamais... Viens-t'en. On va se rendre jusqu'à ma souffleuse que j'ai laissée au bord du Lac Hagard p'is on va rentrer tranquillement à la maison.

Marguerite, cachant ses yeux verts pleins de

larmes dans ses cheveux jaunes, fait signe que oui et l'étreint avec passion. Longuement, sans parler, tremblants d'émotion, ils restent ainsi enlacés puis, à l'idée qu'ils viennent de retrouver leur jeunesse et que commence une nouvelle vie, un bonheur fou s'empare d'eux. Ils s'embrassent à pleine bouche, caressent leurs frais visages puis Charles-Auguste, en un geste d'euphorie, attrape sa peau d'ours sur le sol et la lance si haut, si haut, si haut dans le ciel nocturne qu'elle s'en va se mêler aux étoiles où, aux yeux émerveillés du couple enlacé, elle devient la constellation de la Grande Ourse.

Pelotonnés l'un contre l'autre, ils attendent l'aube dans une cabane en bois rond qui occupe l'un des coins de la clairière, cabane où, hormis quelques bûches et un poêle, ils ne découvrent que deux vieilles paires de raquettes à moitié crevées. L'euphorie leur avait fait oublier la disparition du soleil et de la lune. Aussi se retrouvent-ils, plusieurs heures plus tard, dans la même grisaille persistante que la veille et aussi n'y a-t-il pas de lever du jour.

Affamés et grelottants — car, sans comprendre comment, ils sont soudainement vêtus des costumes légers qu'ils ont portés, jadis, l'été de leurs fiançailles —, les deux amoureux, sans perdre un instant, chaussent les raquettes indispensables et, malgré le froid, main dans la main, ils se mettent en marche vers le Lac Hagard.

Charles-Auguste turlute, fait des blagues, raconte ses aventures afin d'afficher une belle assurance mais il leur reste une fort longue distance à parcourir et son inquiétude s'accroît encore lorsque la neige recommence à tomber.

Il parle d'une grande fête à organiser pour

célébrer leurs retrouvailles, une grande fête où l'on inviterait tous ses amis mais, au rappel de ses compagnons disparus dans les inquiétantes régions lunaires, une profonde angoisse s'empare de lui. Comment, en effet, peut-il envisager de rentrer sereinement à la maison sans d'abord s'être enquis du sort, peut-être funeste, de ceux-là qui, si généreusement, lui ont prêté main-forte dans les difficultés ? Et, s'il s'avère que quelque chose peut être tentée pour les sauver, lui faudra-t-il encore s'engager dans de périlleuses expéditions où il risquera de perdre de nouveau sa femme ? Non, il réintégrera d'abord son foyer, y installera Marguerite bien à l'abri puis, maintenant qu'il jouit d'une nouvelle jeunesse, ce lui sera un plaisir, après quelque repos, d'aller délivrer ses amis épars dans le cosmos.

Charles-Auguste est tiré de sa réflexion par la plainte de Marguerite qui vient de trébucher. Ses cheveux jaunes répandus sur la neige, elle ressemble tout à fait à la fleur délicate dont elle porte le nom, mais cette fleur va périr de froid. Charles-Auguste s'empresse de la toucher à l'endroit du cœur avec sa baguette de cornouiller rouge ; les joues de la jeune femme retrouvent leurs couleurs, elle se remet sur pied et, courageusement, elle continue d'avancer. Sans la baguette magique, d'ailleurs, les deux amoureux n'auraient pas cheminé longtemps par la forêt car la bise leur coupe la peau du visage comme avec de fins rasoirs. Dès le début, Charles-Auguste avait jeté son veston sur les épaules de sa compagne vêtue d'une mince robe en crêpe de Chine, brodée de fleurs, à col de dentelle et à manches courtes. Quant à lui, en bras de chemise et en pantalon estival rayé, il n'a pour se couvrir la poitrine qu'une légère veste grise où brille la chaîne d'une montre de poche. Aussi, lorsqu'ils faiblissent trop, ils se touchent le cœur avec la baguette et retrouvent assez de vie pour faire un bout de route.

Au bout de quelque temps, le vent, tombant sauvagement du nord, vient encore aggraver la situation. Il se met à rafaler en soulevant des tourbillons de poudrerie et Charles-Auguste, redoutant de ne jamais atteindre le camp du Lac Hagard, doit faire appel à son flacon de gin qu'il porte sur la fesse gauche, dans la poche de son pantalon. Il l'ouvre, s'en jette dans le gosier une bonne lampée et pousse même l'audace jusqu'à en offrir à sa femme qui, à sa grande surprise, se saisit du dix onces et avale quelques gorgées d'alcool. Aussitôt, ses yeux pétillent, elle paraît très excitée par le liquide brûlant et, se serrant voluptueusement contre son époux, elle lui jette un regard où, malgré l'épuisement, se lit beaucoup d'admiration et de désir.

— On approche-t-y de la cabane, Charles ? Moé, j'ai le goût de vivre p'is... j'ai follement le goût de toé... lui glisse-t-elle à l'oreille.

Cette petite phrase fait l'effet d'un coup de foudre sur Charles-Auguste et il se dit que son épouse et lui ont été profondément métamorphosés par la catastrophe qui a bousculé leur existence. Jamais, en cinquante ans de mariage, sa femme, pourtant si désirable, n'avait manifesté le désir d'un instant de plaisir sexuel. Jamais elle ne le lui avait demandé. Jamais non plus elle n'avait refusé ses approches mais elle ne s'était jamais donné le droit de jouir. Elle avait consenti sans vraiment participer et, les

137

années passant, Charles-Auguste avait senti s'installer en son cœur une immense tristesse.

Une voix soudain, à ce rappel de tant de souffrances muettes, monte de ses entrailles et, avant qu'il n'ait pu en prendre conscience, elle franchit ses lèvres avec force : « Marguerite, ma femme, les curés qui nous ont éduqués étaient des grands misérables ! Oui, tabarnaque, des vieille oreille de misérables ! »

Il a honte de ces paroles qui viennent de lui échapper mais Marguerite approuve et l'embrasse à pleine bouche en frottant son ventre contre le sexe dressé de notre habitant. La tempête a beau faire rage, Charles-Auguste, perdant complètement la tête, empoigne les seins de sa femme, entreprend de la dévêtir et l'aurait prise, là, sur le sol glacé, si, brusquement, un étrange animal noir, une sorte d'oiseau de proie au corps de loutre ne s'était jeté sur eux. En une seconde, la bête happe dans ses crocs la baguette de cornouiller rouge et disparaît parmi les cimes des sapins agités par l'aquilon.

Charles-Auguste veut la poursuivre mais il est trop tard. Alors il devient très inquiet, son esprit s'emplit de vertiges et, reprenant sa femme par la main, il se remet nerveusement à marcher en direction du Lac Hagard.

Mais, à partir de ce moment, rien ne va plus pour nos deux voyageurs. La visibilité devient presque nulle. Les flocons dansent à folle allure. Le vent violent, les prenant de dos, les soulève presque de terre. La poudrerie siffle sournoise parmi les troncs, casse des branches, tord les arbres qui, s'entrechoquant, poussent des gémissements terrifiants.

138

Marguerite, les yeux fermés par le gel, les lèvres bleues, manque à plusieurs reprises d'être emportée dans le ciel par les bourrasques et son mari a toutes les peines du monde à la retenir contre lui. Quelque chose ou quelqu'un s'efforce, semble-t-il, de lui ravir une fois de plus sa femme. Ils recourent au dix onces de gin mais, à lui seul, l'alcool s'avère inapte à lutter contre le maléfice.

La montre de Charles-Auguste, soudain, tombe hors de la poche de sa veste. Il la rattrape sans difficulté car elle se rattache à l'étoffe par une chaînette en or mais il constate avec horreur que les aiguilles tournent à une vitesse délirante si bien qu'en quelques instants Charles-Auguste redevient un vieillard, ses cheveux blanchissent, sur sa tête réapparaît la casquette de feutre à oreilles, sur ses épaules retombe la chemise de laine à carreaux et, une immense fatigue s'emparant de ses membres, il laisse échapper la main de sa femme qui disparaît sans un cri, tel un flocon, emportée par les sautes furieuses du vent du nord.

Notre héros a beau hurler, sacrer, rien n'y fait. Epuisé, se tenant le cœur à deux mains, il se retrouve, sans comprendre comment, à proximité de sa souffleuse et du camp de Ti-Jean Poilu. Il s'y engouffre rapidement, pousse la table contre la porte, allume un grand feu, s'envoie dans le gosier plusieurs gorgées de gin. La rage bout en lui avec une telle force qu'à un moment, répétant inconsciemment l'exploit de Ti-Louis Descôteaux, le champion portageux du Saint-Maurice, il empoigne le poêle en fonte avec l'intention de le soulever à bout de bras et de le projeter dans la figure sadique de l'Hiver, figure qu'il croit voir ricaner aux carreaux de la fenêtre. Mais il se brûle cruellement les paumes et ce geste ne fait que lui rappeler sa faiblesse.

Alors, désespéré par son impuissance devant les énormes travaux exigés pour l'amélioration du destin, il se laisse retomber sur une chaise et se met à songer. Cette fois, Vent du Nord a outrepassé les bornes de sa patience. Toute sa vie, d'ailleurs, il s'est montré trop accommodant, trop bon, oui, trop bon, trop bonasse même. Cette fois, bousculant tous les scrupules de sa conscience, il va rentrer à sa maison du rang du Grand Saint-Esprit et, même si cela doit l'humilier, même s'il doit en porter le remords jusqu'à la fin des temps, il ira carrément demander l'aide de Grand Sifflète, des gars maudits de la Chasse-Galerie et des terribles loups-garous aux poils de feu qui ont partie liée avec l'enfer.

Dès le lendemain, affrontant la grisaille qui tient lieu de jour, mordillant sa moustache frimassée, marmonnant des : « Tabarnaque de vieille oreille de bœu ! », il remet en marche son tracteur rouge, actionne les spirales grinçantes de la souffleuse et, avançant, reculant, à coups répétés, malgré la tempête qui ne diminue en rien, il entreprend de se frayer un chemin à travers forêts et monts.

Rivière Kékec, lac Capitachouane, rivière Obabcata, rivière Camachigama, lac Adverse, rivière Echouani, rivière Canot, rivière du Pin Rouge, lac Némikachi, lac Néniscachingue, lac Obascou, lac Lacroix, lac au Sorcier, lac Caribou, Charette, Précieux-Sang.

Au bout de ce qui lui paraît durer trois jours, sans prendre de repos, soutenu par son seul gin et par sa révolte, Charles-Auguste aperçoit enfin sa maison de briques rouges. La neige s'est accumulée jusqu'au toit. Armé de sa pelle, il dégage la porte, entre, déblaye l'intérieur, brise la couche de glace qui recouvre le poêle et allume un grand feu.

Une étrange lueur, soudain, danse à la fenêtre de la maison de son plus proche voisin, Archange Arbour. Charles-Auguste n'a jamais fréquenté Archange Arbour dont les mauvaises langues racontent que, pour avoir cessé de faire ses Pâques, il est condamné à courir le loup-garou, c'est-à-dire à être changé, à certaines périodes de l'année, en loup errant.

Archange, cultivateur à tête de fouine, avait complété des études classiques mais, après deux ans de Grand Séminaire, il avait, selon son expression, jeté sa soutane dans la rhubarbe du diable pour revenir s'installer sur la terre de son père. On le redoutait à cause de son anticléricalisme virulent, de son entêtement à manger de la viande le vendredi, et des formules blasphématoires dont il prenait plaisir à enluminer sa conversation, mais on le craignait surtout parce que sa maison de ferme s'ornait d'une bibliothèque. Les habitants du coin, en effet, entretenaient une terreur superstitieuse envers tous les livres qui différaient de *l'Almanach du Peuple*, des *Annales de Sainte-Anne* et du *Bulletin des Agriculteurs*.

142

La culture d'Archange Arbour, pourtant, exerçait une véritable fascination et c'est pourquoi Charles-Auguste, passant outre, une fois de plus, à ses scrupules de conscience, sort dans la nuit glaciale et se dirige vers la demeure de son voisin.

Avant de frapper à la porte, il croit prudent de jeter un coup d'œil par la fenêtre à petits carreaux et la scène qui s'offre à lui n'a rien pour le rassurer. Archange, en effet, revenant visiblement de courir le loup-garou, est en train d'enlever sa peau de loup tout en prenant une bière avec un authentique loup-garou. Les deux inquiétants personnages, en état avancé d'ivresse, causent joyeusement, les pieds sur la bavette du poêle à bois. Charles-Auguste, réunissant tout son courage, heurte néanmoins à la porte.

— Vieux pape castré d'Hostie grimpante à quat' roues d' bois carrées ! Ça parle au pénis d' la Vierge ! lance Archange Arbour, si c'est pas Ti-Charles qui vient nous rendre visite à soir. Reste pas dehors, mon escogriffe, rentre te chauffer avec nous autres. Mais j'aime autant t' dire tout d' suite que si tu t'en allais à messe tu t'es trompé d'église !

Le loup-garou éclate de rire tandis que de tous ses poils jaillissent des étincelles.

Charles-Auguste, d'abord mal à l'aise, accepte une grosse bouteille de bière et, retrouvant peu à peu son aplomb, il entreprend le récit de ses aventures et explique le pourquoi de sa visite. Il a besoin d'aide pour retrouver sa femme et, même si pour cela il doit brûler en enfer pendant l'éternité, il se voit dans l'obligation d'avoir recours à la puissance du Malin.

143

— Clitoris de Dieu ! s'esclaffe Archange, Charles, chu content qu' tu viennes nous voir. Tu le r'gretteras pas, on va la r'trouver ta femme. Vois-tu, moé, ça fait des années que chu membre actif de la Confrérie de la Chasse-Galerie p'is j' connais personnellement tous les gars qui travaillent le feu en d'ssous d' la cheminée des Vieilles Forges p'is, justement, là, i' sont supposés, d'ici què'ques jours, partir en guerre contre le Responsable d' la mort. Si t'as encore les couilles vertes p'is si t'as pas peur de chier dans tes culottes, embarque avec nous autres... Aïe ! entre parenthèses, là, ça m' rappelle l'histoire du pape qui avait la tiarée p'is qui, au lieu d'un pot, gardait une tiare de nuitte en d'ssous d' son lit.

Et Archange se lance dans une de ces histoires grivoises qu'il adore raconter truffant son récit de sacres, de « Dominus mardiscum ! » et d' « Hostie toastée à quat' roues d' bois carrées ! »

Quand il a terminé, il débouche d'autres grosses bières, en sert à ses deux compagnons et enchaîne :

— Tantôt, Charles, tu nous as parlé de tes aventures p'is de tes chums : la Corriveau, Jos Montferrand, Ti-Louis Descôteaux... Ça t'intéresserait certainement de savoir c' qui est arrivé au géant Beaupré. Tu nous as dit qu'i' avait dû rester pris sur la lune mais, en fait, i' est tombé sur la terre parce que tout l' monde en a entendu parler. Justement, on disait toujours qu'i' avait l'air d'un gars qui vient de tomber des nues.

« Ouais, vieux pape castré ! Edouard Beaupré c'était pas un gars ben brillant, c'est sûr, c'était pas un gros spotlight, c'est sûr, mais c'était pas

144

une raison pour que son histoire finisse de façon aussi triste...

« Vois-tu, Charles, Beaupré, c'était un pauvre gars ben perdu, ça fait qu'i' a toujours été exploité par des fins-finauds. En plus, i' avait les poumons pognés par la tuberculose... Pendant un bon bout d' temps, i' s'est promené un peu partout en faisant des tours de force p'is i' a fini par travailler pour le cirque Barnum & Bailey, aux Etats, p'is i' a fini par mourir, à vingt-deux ans, à l'Exposition Universelle de Saint-Louis, au Missouri.

Charles-Auguste, malgré son ébriété, suit attentivement le récit d'Archange. A la nouvelle du décès du malheureux géant, il sursaute et la révolte s'accroît encore dans son cœur.

— Mais ça s'arrête pas là, reprend Archange, le pire de l'affaire c'est qu'après sa mort les gens des Etats l'ont momifié dans un cercueil de verre pour continuer à faire la piastre en l'exposant aux curieux. Finalement...

— Ouow ! Archange, l'interrompt notre habitant, ça marche p'us pantoute ton histoire, là. Les gens des Etats pouvaient pas coucher Edouard dans un cercueil parce qu'Edouard mesurait quasiment trois cents pieds de hauteur.

— Ça, c'est c' que tu racontes, Ti-Charles. Pour nous autres, Beaupré, i' mesurait huit pieds et deux pouces, pas trois cents pieds. Peut-être qu'en tombant en bas d' la lune i' avait atterri assez raide sur la terre pour que ça l' renfrogne... En té cas, y a un impressario de Montréal qui a acheté l' cadavre pour le montrer au monde de par icitte. P'is là, Hostie grimpante ! tiens-toé ben, mon Charles, là, comme l'impressario s' pressait pas pour réclamer son colis, on s'en est débarrassé en plaçant la tombe dans l' grenier d'une écurie... Finalement, l'impressario est allé chercher son colis p'is i' a exposé la momie du géant pendant six mois dans l'entrée du musée Eden, à deux pas du Monument National. Mais c'est pas tout. Le pire de l'histoire, c'est qu'après ça i' a exposé Beaupré sous la tente, dans le parc Riverside. P'is, un bon moment donné, comme ça l' payait pas assez, i' a crissé son camp personne sait où p'is i' a laissé l' cadavre dans un grand coffre, dehors, arâ un garage, drette sous les gouttières.

« J' te raconte ça, mon Charles, p'is j' sens que tu m' crois pas, mais c'est la pure vérité que j' dis là, vieux pape castré ! la pure vérité. C'est ça la vie, mon Charles, c'est ça le vrai visage du monde. Toujours est-i' qu'i' l'a abandonné là au mois d' juillet p'is que c'est des enfants, en jouant, qui l'ont r'trouvé au mois de novembre. Hostie carrée ! I' ont eu la peur de leur vie. Le cadavre du géant, habillé de noir, la tête et les pieds nus, les os sortis à travers ses habits, était tout couvert de mousse grise. I' était pourri comme la vache que t'as déjà trouvée au bord du fleuve p'is ça sentait l' Calvaire ! Ouais, mon Charles, ainsi va la vie. J' m'excuse de t'avoir raconté ça mais j'ai cru ben faire, rapport que tu te d'mandais de quoi c'est qu'était devenu ton chum le géant Beaupré...

— Tabarnaque de vieille oreille de monde ! marmonne l'habitant en mordillant sa moustache. Edouard était rien qu'un pauvre débile, un pauvre innocent. I' méritait pas une fin comme celle-là. Quand on pense qu'i' a passé sa vie à chercher què'que chose, què'que chose de beau p'is qu'i' a fini par se r'trouver pourri comme une vache morte... Tabarnaque de vieille oreille de mort ! Archange, chu encore plus enragé qu'avant d'entrer dans ta maison. Là, j'ai mon vieille oreille de voyage ! Rien qu'à penser que Marguerite pourrait finir d' la même façon qu'Edouard, j'ai hâte qu'on parte en vieille oreille parce que moé, le Responsable d' la mort, là, m'as avoir deux mots à lui dire dans l' creux d' sa sainte oreille, vieille oreille !

Et Charles, bondissant de rage, énervé par l'alcool, brise sa bouteille sur la table.

Alors, Archange Arbour, ouvrant dans le plancher la trappe de sa cave, révèle à notre héros qu'un tunnel relie sa maison aux Vieilles Forges du Saint-Maurice, et les trois hommes, titubant, descendant les marches vermoulues, s'engagent dans l'humide couloir souterrain.

Après une longue marche dans l'obscurité, ils débouchent dans une grotte où dansent de hautes flammes. Treize loups-garous hirsutes et les huit bûcherons de la Chasse-Galerie, le ventre protégé par un tablier de cuir, autour de creusets remplis de métal en fusion, frappent à tours de bras sur des enclumes.

Il se déploie là l'activité fébrile d'une armée qui se prépare à la bataille. Archange Arbour veut procéder aux présentations mais Charles-Auguste, tremblant de peur, reste tapi contre la paroi. Il vient en effet d'apercevoir, dirigeant toutes les opérations, la figure grimaçante du Prince des Ténèbres, de Satan en personne, le crâne surmonté de cornes, un gros cigare entre les dents, le corps couvert d'un poil noir de bouc, les griffes plus longues que les doigts et brillantes comme des lames de couteaux.

— Amène-toé, plaisante Archange, fais pas ton gars gêné. Lucifer c'est notre chef, i' est pas toujours en forme pour s'amuser mais dans l' fond c'est un ben bon yable... Tiens, regarde, viens toucher par toi-même, tu vois ben qu'i' a des sabots comme les moutons, t'as quand même pas peur des moutons ? P'is, tiens, regarde de proche, tu vois ben qu' sa fourche est une fourche qui ressemble à ta fourche à fumier ? Dans l' fond, Lucifer, c'est quasiment un habitant comme nous autres !

Charles-Auguste s'approche en claquant des dents, tâte la fourche, doit admettre qu'il s'agit d'une authentique fourche à fumier et la familiarité de cet instrument le rassure quelque peu.

— Monsieur Satan... commence-t-il en mordillant sa moustache et tripotant dans ses mains la casquette qu'il vient d'enlever de sur sa tête, Monsieur Satan, c'est pas pour vous déplaire que j' dis ça, mais, moé, c'est pas d' bon cœur que j' viens jusqu'icitte pour vous d'mander votre aide...

— Appelle-moi Lucifer, grogne le démon, Satan c'est pas mon vrai nom.

— Monsieur Lucifer, reprend Charles-Auguste, moé, chu un habitant catholique du rang du Grand Saint-Esprit, arâ Nicolet, p'is ma pauvre femme... euh...

Archange, constatant que Charles-Auguste s'embrouille et que Lucifer s'impatiente, empoigne par le bras notre héros et continue de lui présenter les autres travailleurs. Désignant les gars de la Chasse-Galerie, il dit : « Ceux-là, tu les connais, c'est les « Or Brothers » comme on les appelle: Télesphore, Almanzor, Nicéphore, Isidore, Anthénor, Godendard, Calvor et Brador, leur chef, qu'on a surnommé Grand Sifflète. Les autres, ben, c'est treize durs à cuire du temps passé qui ont été emmorphosés en loups-garous parce qu'i' faisaient pas leurs Pâques... Bon ben, à c'tte heure, assez placoté, on est icitte pour travailler. Va mettre un tablier de forgeron p'is viens nous aider à fabriquer nos bombes. »

Lucifer, en effet, s'agite, donne des ordres, crache le feu. Charles-Auguste, terrorisé et culpabilisé, s'empresse néanmoins de se mettre à l'ouvrage et, au bout de quelques heures, il sacre à pleine bouche pour faire bonne impression parmi tous ces damnés.

Il règne dans cette caverne une chaleur extrême et une abominable odeur de soufre. Puis vient le moment de sortir des moules le fer fondu qui a pris la forme de gros boulets et ces gros boulets sont roulés près de l'orifice souterrain de la cheminée des Vieilles Forges, cheminée qu'on se propose d'utiliser comme canon afin de projeter ces obus jusqu'au ciel.

Les obus, enduits d'une sorte de poix inflammable, sont introduits l'un après l'autre dans la cheminée et la canonnade commence. Dès leur sortie à l'air libre, les projectiles prennent feu et, striant la nuit, s'élèvent tels des météores pour disparaître ensuite en direction des étoiles.

Archange Arbour, soudain, ouvre la porte qui donne sur l'extérieur et, tendant la main comme on le fait à l'approche de la pluie, il crie : « Les gars, le temps est aux anges, c'est bon signe ! » De grands anges blêmes, en effet, descendant en vrille avec un bourdonnement de moustiques tués par le D.D.T., s'abattent partout sur le sol. Archange en entre même un dans la grotte en le traînant par les pieds. Il lui retrousse la tunique rose et dit en connaisseur : « Celui-ci c'est un Séraphin et les Séraphins constituent la garde impériale du Responsable. Ça veut donc dire qu'on passe à l'offensive ! »

150

Lucifer, très excité, stimule tout son monde à coups de fourche dans les fesses et tous poussent dehors, sur la neige, de longs canots de fer dans lesquels ils se hâtent de prendre place.

Les loups-garous, craignant le mal de l'air, rechignent bien un peu, mais stimulés par l'enthousiasme des gars de la Chasse-Galerie, ils montent aux côtés de Télesphore, Almanzor, Nicéphore, Isidore, Anthénor, Godendard, Calvor et Brador surnommé Grand Sifflète. Alors, sur l'ordre de Lucifer, nos bûcherons révoltés, empoignant des éclairs en guise d'avirons, se mettent à pagayer avec force et les canots de fer s'élèvent dans le ciel. Et, pour stimuler leur énergie, après avoir prononcé les paroles magiques :

« *Satan, roi des enfers,*
Enlève-nous dans les airs !
Par la vertu de Belzébuth,
Mène-nous droit au but !
Acabris, acabras, acabram,
Porte-nous par-dessus les montagnes ! »

tous entonnent de gais refrains de chantiers :

« *De iousqu'i' sont tous les raftmans ?*
De iousqu'i' sont tous les raftmans ?
Dans les chantiers i' sont montés.
Bing sur le ring
Laissez passer les raftmans
Bing sur le ring bing bang !
En canots d'écorce ils sont montés,
En canots d'écorce ils sont montés,
Des « porks and beans » ils ont mangés,
Des manch' de haches ont fabriqués.

Laissez passer les raftmans
Bing sur le ring bing bang !
Et puis tape et puis tape
Et puis roule et puis roule
Et puis tape la rabidoune
Et puis tapoche encore.
Zig et zig, tic et tac à la catine
Pas de glin glin glin, de glo glo glo
De glo, de baberlot
Gros guerlots
Jean Pétaque
Glin glon !
Guerloton
Laissez passer les raftmans
Bing sur le ring bing bang ! »

— T'nez ben vos tuques, crie Grand Sifflète, on s'en va drette su' Dieu le Père !

Mais au moment où les canots, lancés à folle allure, vont dépasser un petit astre noir, Charles-Auguste, assis derrière Grand Sifflète, les mains rivées aux rebords de l'embarcation et vert de peur, marmonne : « R'gardez donc qui c'est cé qui est là, mais tabarnaque de vieille oreille de bœu, c'est Marie-Josephte ! »

La pauvre Corriveau, en effet, après la tentative faite par Montferrand pour arrêter le soleil, était retombée sur cet astre où, rebondissant à plusieurs reprises, elle avait fini par culbuter malencontreusement dans sa cage dont la porte s'était refermée.

On arrête les canots pour se porter à son secours. Il est temps. La malheureuse, à demi morte de froid et de faim, gît accroupie dans sa prison de fer. Lorsqu'elle aperçoit Charles-Auguste, elle ne peut retenir des sanglots de joie et, libérée, elle lui saute dans les bras en lui couvrant le visage de baisers.

Charles-Auguste, mal à l'aise, tente d'expliquer :

— C'est une sorcière, une assassine, euh... que j'ai rencontrée par hasard, euh... voyez-vous... euh... P'is en té cas, tabarnaque, je l' jure sur la vieille oreille de mon défunt père, c'tte démone-là est une p'tite femme qui a ben du cœur !

Dès que Marie-Josephte a retrouvé son calme, elle s'informe, très inquiète, du géant Beaupré, ce qui achève d'embrouiller les propos de notre habitant. Incapable de lui apprendre la terrible nouvelle, il fait appel à Archange Arbour qui, avec ménagements, lui raconte la triste fin du géant.

La Corriveau, d'abord effondrée, pique une crise de larmes puis, ayant accepté une gorgée de gin que lui offre Charles-Auguste, elle s'emporte avec violence contre la condition faite à la femme, contre l'injustice de sa condamnation et de son supplice, contre le sort cruel dont vient d'être victime l'innocent Edouard, puis elle crie qu'elle aussi a deux mots à dire au Responsable. Elle monte donc aux côtés de Charles-Auguste et les canots repartent à travers ciel actionnés par de vigoureux coups d'avirons de feu.

Un curieux météore, soudain, fonce droit sur eux, manque de renverser l'une des embarcations, et Grand Sifflète, se levant d'un trait, crie :

— Aïe ! Bande de Calvaires ! Avez-vous vu c' que j' viens d' voir ? Mais je l' connais celui-là, moé. C'est Ti-Louis Descôteaux chez qui on allait

jouer aux cartes, les soirs d'hiver ! Faut l' rattraper, on peut pas l' laisser errer dans l' vide,
les quat' fers en l'air. I' passait son temps à
nous traiter de sacreurs mais, après tout, i' a
toujours payé la bière à tout l' monde... On va
lui donner un coup de main !

Et les canotiers s'élancent à la poursuite du
bolide qu'ils rattrapent puis parviennent à
immobiliser. Grand Sifflète a vu juste. Il ne
s'agit pas d'une comète mais de leur vieil ami
le champion-portageux du Saint-Maurice qui,
après avoir tenté de jeter son poêle à la figure
de Vent du Nord, a été emporté par un tourbillon et, son gros poêle à bois plein de feu entre
les bras, tourne depuis ce temps dans l'espace.
Il faut un bon moment aux « Or Brothers » pour
ramener Ti-Louis à la raison car il a l'esprit
complètement égaré. Finalement, l'homme fort
de la Mauricie se met à balbutier puis il retrouve
sa voix de tonnerre:

— Saint Sacripant d' sapinette verte ! Quoi
c'est qu' vous faites icitte ?... Mais c'est mon
Sacripant d' Charlie qu' j'aperçois là ? Qu'est-
cé qu' tu fais icitte, Charlie, avec c'tte gang de
mécréants-là ?... P'is moé, qu'est-cé que j' fais
icitte ? Ah ! la maudite boisson ! Maudite boisson d' sapinette verte ! J'ai encore trop bu p'is
me v'là en enfer... Ou be don chu complètement
saoul, ou be don j' me trompe pas p'is c'est
ben l' Sacripant d' vieux Satan, ça, qui est d'
boutte-là, en avant du canot, en train d' fumer
son cigare comme si i' serait l' boss du monde ?
Mon sapinette de yable, toé, m'as t' mettre mon
poing dans 'a face si tu t'approches de moé !
Tu sauras qu' moé, dans ma jeunesse, j'ai sauvé
la vie d'un missionnaire dans le Grand Nord,

154

su' l' bord d' la rivière Misère, p'is que c'est lui qui m'a donné ma force p'is qui m'a dit : « Si t'as l' malheur de sacrer, l' bon Dieu va t'enlever ta puissance d'un seul coup. » Ça fait que moé j' peux pas tolérer les sacreurs p'is les blasphémateurs ! Mon sapinette verte de grand Satan, i' en a un d' nous deux qui va débarquer du canot p'is ça s'ra pas moé ! Envoye, viens t' battre si t'es capable !

Lucifer, impatienté par cet hurluberlu, crache le feu, lui darde les pointes de sa fourche dans les narines et lui dit qu'il va le faire rôtir comme une saucisse s'il ne se tait pas.

Grand Sifflète prend le parti de Lucifer et parvient à calmer Ti-Louis en le menaçant de le rejeter dans le vide. Il n'a plus le choix : ou il retombe dans l'espace ou il accompagne malgré lui la farouche équipe. Charles-Auguste lui passe son flacon de gin et Ti-Louis, comprenant la précarité de sa situation, se renfrogne dans le fond du canot en marmonnant qu'il ne faut pas compter sur lui pour les aider dans leur entreprise impie. Puis, incapable de résister à l'alcool, il boit et s'endort. Lucifer rallume son cigare et les canots reprennent leur route vers le sommet du ciel.

Ils doivent toutefois s'arrêter de nouveau lorsqu'ils aperçoivent, tête en bas, suspendu par un pied à un fragment de soleil, nul autre que Jos Montferrand.

Jos, toujours aussi volubile, dit posséder la certitude que ses huit amies sont retombées, sans se faire de mal, dans des bancs de neige, sur la terre où il se promet bien de les retrouver dès son retour. Il raconte qu'après avoir perdu prise sur l'astre de feu, il l'a vu partir à la dérive dans le vide. Ensuite, l'univers a été plongé dans la noirceur et il ne lui est resté qu'un fragment de soleil accroché aux clous de sa botte. Depuis, il vogue, tête en bas, dans l'espace.

Il jette un regard autour de lui, reconnaît Marie-Josephte et ne peut se retenir de pouffer de rire car la malheureuse rouquine a encore la chevelure toute empanachée des plumes et duvets de son matelas utilisés lors de son travestissement en colombe.

— Sainte Epruche de Corriveau ! s'exclame-t-il pour la taquiner, tu ressembles à une mouche à pêche !

Apercevant soudain Lucifer et les loups-garous, il plaisante en disant :

— Vieux carrosse ! à cheval donné, on r'garde pas la bride. Si l' Grippette m'aide dans l' malheur, c'est qu'i' doit y avoir du bon dans l' fin fond d' sa peau brûlée. Après tout', lance-t-il, le Grippette c'est rien qu'un ange toasté ! I' s'est fait rôtir les fesses parce qu'i' a été tannant mais, dans l' fond, i' doit rester plus d'ange là-d'dans qu'on l' pense !

Lucifer, insulté de se faire appeler le « Grippette » et sans doute irrité par la vérité des paroles de Jos, tire à grandes bouffées sur son cigare. « Envoyons d' l'avant, nos gens ! hurle-t'il en s'étouffant, on assez perdu de temps. Envoyons d' l'avant ! » Et tous de reprendre en chœur :

> « *Laissez passer les raftmans*
> *Bing sur le ring bing bang !* »

Avironnant à grands coups d'éclairs, ils reprennent leur vive allure et se mettent à filer à la vitesse de la lumière. Charles-Auguste, se retenant d'une main au canot et, de l'autre, pressant sa casquette de feutre sur sa tête, explique en bafouillant à Jos le but de leur voyage et Jos répond que, même s'il ne partage pas leur projet diabolique, il va les accompagner jusqu'au bout car il ne recule jamais devant l'aventure.

Soudain, tous cessent de pagayer. Une odeur infecte se répand autour d'eux et ils distinguent à proximité une planète brune portant un immense écriteau. Ils se laissent dériver, mûs par la curiosité. Sur l'écriteau, malgré la pénombre, ils lisent en grandes lettres : PLANETE MARDE. Tous s'esclaffent puis accostent en mettant prudemment pied sur un sol qui a effectivement la consistance et l'odeur des excréments humains. La planète semble déserte mais ils ne tardent pas à apercevoir un énorme puisard de métal noir sur lequel est écrit : D'OU VENONS-NOUS ? QUE SOMMES-NOUS ? OU ALLONS-NOUS ?

Suffoqués de rire, loups-garous et gars de la Chasse-Galerie s'arrêtent brusquement lorsque se soulève le couvercle du puisard et qu'un être étrange en sort à la manière d'un polichinelle qui fait irruption hors d'une boîte à surprise. L'air hagard, le corps vêtu d'une longue tunique immaculée, il s'agit d'un personnage adulte mais d'âge imprécis dont le visage aux traits d'une maigreur ascétique irradie d'une sorte de naïveté prépubère. Il ouvre les bras en disant de sa voix de castrat : « Approchez, approchez, mes enfants, venez à moi, vous tous qui cherchez la Vérité, et que vos cœurs s'emplissent de liesse car la fin du monde approche. » Il s'empresse, branche un fil sur une batterie et, sur sa tête, s'allume une auréole rose clignotante composée d'un tube fluorescent. A son dos flottent légères deux larges ailes de cellophane rose. Il porte dans la main gauche un encensoir fumant et, dans la main droite, une canette de parfum mille-fleurs en aérosol avec laquelle il se vaporise à tout moment la figure et le vêtement.

— Et voilà, ça va mieux maintenant. Ça va mieux, mes enfants. Tout finit toujours par aller mieux. Pendant de nombreuses années, je me suis tenu debout ici tel un luminaire mais depuis quelque temps il semble que ma batterie accuse une baisse d'intensité, rien d'alarmant, bien sûr, mais enfin cela m'oblige à économiser l'électricité, voyez-vous. Néanmoins je continue et je continuerai jusqu'au bout à assumer le rôle qui m'est dévolu. La Pensée de l'homme n'est peut-être qu'une lueur dans la nuit mais c'est un phare assez puissant pour guider de façon sûre les marins jusqu'au Port et, pour mon humble part, je me tiens ici afin d'aider d'un bon mot — car rien ne vaut le réconfort d'une parole de Lumière — les voyageurs qui cherchent la Vérité.

« Ah ! au fait, je me présente, mon nom est Ti-Noir Leblanc et je suis philosophe réversible pour vous servir.

Une voix tonitruante résonne alors à l'intérieur du puisard et un second personnage en sort, abject celui-là. Il est nu, abondamment velu, souillé de matières fécales, enlaidi d'un groin au milieu de la figure. Lorsqu'il parle, il émet des « grouic » rappelant le grognement d'un porc.

— Et moi, lance-t-il, mon nom est Ti-Blanc Lenoir et je suis également philosophe réversible, grouic ! pour vous servir.

158

Nos amis, muets d'étonnement, constatent alors que les deux créatures sont reliées l'une à l'autre par une sorte de câble de chair d'une trentaine de pieds qui prend racine dans leur nombril respectif.

Le personnage visqueux, d'ailleurs, agrippe le câble et donne un coup qui fait trébucher son compagnon immaculé. Ils commencent à parler en même temps, s'embrouillent, se contredisent, se jettent des regards de haine, s'empoignent en une posture grotesque puis, se souvenant qu'ils ont des spectateurs, ils s'efforcent de retrouver un air de dignité.

— En fait, et pour être plus précis, reprend l'immaculé Leblanc, se vaporisant à grands jets de sa canette de parfum mille-fleurs, nous sommes un seul et unique philosophe réversible en deux personnes, mais, cette mise au point étant accomplie, je vous invite, mes enfants, à ne porter qu'une attention distraite aux propos grossiers de ce frère inférieur auquel, pour mon plus grand dam comme pour mon salut, il a plu à la nature de me rattacher.

— Un phisolophe ? Qu'est-cé qu' ça mange en hiver, ça ? demande Charles-Auguste qui ne tient plus en place et qui, après avoir fait les présentations d'usage mais se sentant coupable et ayant hâte de mettre fin à son association avec ses compagnons d'enfer, devient agressif.

— Charles, mon frère, répond l'auréolé, permets-moi d'abord de te signaler qu'on ne dit pas phisolophe mais philosophe... Hum... un philosophe se sustente de Vérité en toutes saisons. Car l'homme ne se nourrit pas que de pain...

— Pourtant, Charles, corrige le velu Lenoir,

assis sur le bord du puisard, ventre affamé n'a pas d'oreilles et faim fait loup sortir du bois. Primo vivere. Il faut bouffer, grouic ! pour penser.

— Par le pénis d' la Vierge ! peste Archange Arbour, faut-i' manger ou ben si i' faut pas manger, hein, Lenoir ?

— Pardon, rectifie l'immaculé, mon nom c'est Leblanc.

— Hostieburger à quatre rondelles d'oignons bénites ! s'emporte Archange, réponds à ma question, Ti-Blanc !

— Pardon, grommelle le visqueux, mais son prénom c'est Ti-Noir.

— Branche-toé, Blanc-Noir, tu vas tous nous faire virer fous, clous de girofle du Christ !

— Visa le blanc, tua le noir ! comme dit la chanson, lance Jos Montferrand en rigolant.

Irrités par les propos incohérents des deux hurluberlus, Télesphore, Almanzor, Nicéphore, Isidore, Anthénor, Godendard, Calvor, Brador, les loups-garous, Archange Arbour et Jos Montferrand retournent auprès des canots où ils allument un feu pour y faire cuire des fèves au lard et du ragoût de boulettes qu'ils ont pris soin d'emporter dans leurs sacs à dos. Quant à Lucifer, fumant son cigare de millionnaire américain, il scrute la voûte céleste en ajustant son sextant.

Seuls Charles-Auguste et la Corriveau, tâchant de se persuader qu'ils se trouvent en présence d'un sage capable de les aider à faire le point dans leur quête, demeurent auprès du philosophe réversible. C'est le penseur crotté qui, dégoulinant de purin, et après être parvenu à faire taire l'auréolé, prend d'abord la parole :

160

— Voyez-vous, grouic ! notre planète était jadis identique à la vôtre. Elle foisonnait de fleurs, d'oiseaux. C'était joli et frais comme tout ce qui commence mais tout se dirige impitoyablement vers une fin et c'est toujours la charogne en définitive qui triomphe, grouic ! Nous n'y étions pas parfaitement heureux, bien sûr, car nous étions tous réversibles, c'est-à-dire soudés par un câble de chair ombilical à un être contraire, mais il y avait de bons moments... Autrefois, il nous arrivait même, lui et moi, de partager quelques fragments d'opinions en commun et notre distanciation n'était pas aussi accentuée qu'aujourd'hui, mais le temps n'arrange rien comme chacun sait : moi, je deviens de plus en plus pourceau et lui de plus en plus évaporé, grouic !

« Oui, la fin du monde est proche. L'incompétence de nos dirigeants, l'inconséquence de ceux de notre race ont peu à peu réduit notre astre à l'état où vous le voyez actuellement. Et nous sommes les derniers survivants ou plutôt le dernier — car nous sommes deux en un — de la civilisation des Réversibles. Et le même sort vous est réservé car les terriens, ne luttant en aucune façon contre la pollution, ne sont bons qu'à laisser derrière eux des monceaux d'immondices ; lorsqu'ils meurent, leur seul legs à l'humanité se compose de latrines pleines. Et votre planète, grouic ! ne sera bientôt plus qu'une sorte de bouse immense errant, pestilentielle, dans l'espace, un étron rond flottant sur la mer polluée du temps ! Oui, la fin du monde est proche...

« Alors moi, j'ai érigé cet écriteau que vous avez vu tantôt et je me suis enfermé dans ce puisard afin de servir d'exemple, de prévenir les peuples du destin qui les attend, destin auquel, j'en ai la conviction, ils n'auront pas l'intelligence d'échapper. Aujourd'hui, j'ai même la certitude que Dieu, grouic ! a dû créer l'univers par l'anus en projetant comme des crottes, en un gigantesque pet, les astres qui composent le cosmos, grouic !

— C' que vous dites là, l'interrompt Charles-Auguste, dégoûté par le philosophe gluant de déjections, ça m' rappelle la vache pourrie que j'avais trouvée sur le bord du fleuve mais ça nous avance pas à grand-chose...

— Mais rien n'avance à rien, monsieur, continue le crotté, rien n'avance à rien. Pas moyen d'avancer, pas moyen de reculer, tel est le fond de ma pensée et, même réunie, la sagacité de tous les cerveaux de l'histoire de l'humanité n'ira pas plus profondément. Telle est ma conviction, madame, monsieur, et là-dessus je me tais et cède volontiers le crachoir à mon double auréolé dont le gazouillis spécieux ne saurait manquer de vous divertir un peu.

— Charles, mon frère, dame Corriveau, ma sœur, commence en se rengorgeant le penseur parfumé, qui n'entend qu'une cloche n'entend qu'un son, comme nous l'apprend le proverbe, mais l'homme a deux oreilles et je vous engage à ne tendre que votre oreille la plus basse aux propos grossiers de ce double mal embouché que la nature m'oblige à traîner avec moi...

— Ainsi qu'une Carmélite, enchaîne le visqueux, rigolant, ainsi qu'une Carmélite, malgré toute l'ardeur de ses trémoussements mystiques, ne se peut hélas ! départir de son croupion, grouic !

162

— Je disais donc, reprend Leblanc, agitant son encensoir et se vaporisant un jet de parfum mille-fleurs sous le nez, je disais donc que mon double souillon n'a su tirer de sa contemplation des immondices que des conclusions remplies d'amertume. Mais moi, grâce à un charisme, mon regard, tel une fumée d'encens, s'élève tout naturellement vers la Lumière et j'affirme qu'il faut voir le bon côté des choses et qu'il y en a toujours un quand on cherche bien. Et même la contemplation des fèces, mes frères, grâce à un charisme, me comble de ravissement car les excréments ont leur rôle à jouer dans le Grand Plan de la Providence : ils sont l'engrais d'où va naître la fleur. O réjouissez-vous avec moi car la fin du monde est proche et la fin du monde elle-même est merveilleuse car tout est toujours pour le mieux ; la fin du monde va me permettre enfin d'être séparé de ce frère inférieur et mon Ame alors pourra croître et s'épanouir hors de l'ordure comme la fleur qui pousse et resplendit bien au-dessus des déchets où a souffert la graine de sa naissance. Car il y a l'Ame, mes enfants, il y a la Pensée, il y a l'Esprit, il y a l'Idéal pareil aux blanches ailes de la mouette planant légère au-dessus du fleuve le plus fangeux !

— Ta mouette, rouspète Lenoir, visiblement ennuyé, mange plusieurs fois son poids par jour d'anguilles éventrées, de poissons morts et de charogne pour soutenir le si pur vol de ses ailes, grouic !

— Il faut voir le bon côté des choses, continue Leblanc humant, narines dilatées, les fumées de son encensoir, il faut voir le bon côté des choses. Tenez, moi, par exemple, il me serait facile de me plaindre d'être condamné à vivre avec ce répugnant, avec ce goujat dans ce puisard infect mais la Providence, là encore, veille à la préservation de l'Ame car le puisard n'est pas rempli à ras bords, ce qui me permet, en me soutenant au contour, de ne pas souiller le délicat tissu de ma tunique... Le niveau, certes, ne cesse de monter, je le reconnais, mais il en faut bien davantage pour ébranler l'optimisme que me confère mon charisme. D'ailleurs, la fin du monde approche et elle surviendra juste à temps pour m'empêcher d'être submergé. Aussi, chaque matin, je me hisse la tête hors de ce lieu sordide et je susurre un hymne d'allégresse afin de rendre hommage à la Providence qui me soutient au-dessus du vulgaire et je plane par l'Esprit dans la Lumière en attendant le terme de cette aventure qui me permettra, tel un pur papillon qui sort de sa chrysalide, de prendre enfin mon envol hors du puisard de la matière ! Et c'est la grâce que je vous souhaite, mes biens chers frères...

— A moins d'être complètement drogué à l'encens comme cette tête de linotte, rognonne le visqueux, le dernier des imbéciles est assez brillant pour savoir que chaque rêve d'idéal est un bel oiseau qui, tout éthéré qu'il prétend devenir, ne parvient jamais, vu l'effort exigé, à s'arracher du sol sans lâcher une longue fiente puante, grouic !

— En té cas, s'emporte la Corriveau, vous êtes pas plus encourageants l'un que l'autre : toé, Lenoir, vautré dans ton fumier, toé, Leblanc, le nez retroussé dans tes fumées ! Nous autres, on a besoin de s' faire remonter l' moral !

— Ça c'est vrai, vieille oreille de bœu ! argumente Charles-Auguste qui vient d'avaler une gorgée de gin pour calmer sa nervosité, vous parlez de Vérité par-ci, de Vérité par-là, ben vous allez nous faire bénéficier d'au moins què'-ques bons conseils avant qu'on reprenne la route parce que nous autres, là, on s'en va chez Dieu le Père pour contester la mort. Ça fait que vous allez nous dire comment c'est qu'on va lui parler à Dieu quand on va le rencontrer parce que moé, pour être ben franc, ça me met mal à l'aise rien qu'à y penser.

— Contester la mort ? s'étonne l'auréolé. Que d'aveuglement en ton esprit, Charles, mon frère, car la mort est l'engrais de la vie et la vie est l'engrais de la mort ! Et tant de questions, tant d'interrogations alors que les réponses sont déjà là. Tout est si simple, il suffit de s'en remettre à ceux qui nous ont précédés, qui ont pensé avant nous. La Pensée, Charles, la Pensée ! Tout est là ! Les sages du passé nous ont légué le trésor de leurs réflexions en proverbes millénaires. Ainsi, sur le sujet qui te tourmente, l'expérience des siècles nous conseille la prudence en nous rappelant qu'il faut se tourner sept fois la langue dans la bouche avant de parler et que toute vérité n'est pas bonne à dire...

— Ça c'est ben vrai, dit Charles-Auguste, c'est ben c' que j' me disais aussi.

— Par contre, riposte le pouacre Lenoir, la sagesse des peuples nous enseigne également l'audace et la spontanéité lorsqu'elle affirme que la Vérité, grouic ! sort de la bouche des enfants et qu'on doit faire ce que doit, advienne que pourra.

— Ça aussi c'est ben vrai, marmonne l'habi-

tant, mais ça m'éclaire pas pantoute... Aussi j'
me demande si on a ben fait d' foncer direct
chez Dieu le Père ou be don si on devrait pas
réfléchir encore un peu avant de passer à l'at-
taque.

— Là encore, dit Leblanc, la sagesse des peuples nous conseille de semer pour plus tard, et
elle ajoute : « Tout vient à point à qui sait attendre », « La fortune vient en dormant ».

— C'est ben c' que j' pensais, acquiesce notre
héros. On s'rait mieux de pas trop s' presser.
J' vous remercie, ça m'éclaire sur la conduite
à suivre, p'is j' commence à comprendre l'utilité des phisolophes.

— Pourtant, corrige Lenoir, la sagesse des
peuples assure également : « La fortune sourit
aux audacieux » et « Cueillez dès aujourd'hui
les roses, grouic ! de la vie »...

— Ecoutez, tabarnaque de vieille oreille de
bœu ! le faites-vous exprès pour me mêler ? Chu
assez perdu comme ça, j' me sens assez tout
seul...

— Charles, mon frère, reprend Leblanc, ré-
pète-toi alors que Dieu parle à l'homme dans le
désert de la solitude...

— Mais songe également, dit Lenoir, qu'il
n'est pas bon que l'homme soit seul...

— Viens-t'en, Charles, s'interpose la Corriveau qui fulmine, tu vois ben que ces gars-là
sont complètement craque-pottes. Pour lui tout
va pour le mieux dans le plus pire des mondes,
pour l'autre...

— Dame Corriveau, opine Leblanc, tu dis
vrai lorsque tu soulignes que mon double a ten-
dance à charbonner les faits. Mais pourquoi, je
te le demande avec aménité, pourquoi toujours

fouiller la vie avec le microscope du pessimisme afin d'y découvrir et d'y grossir, si tant est qu'elles existent, les petites bêtes noires ? Toi-même, dame Corriveau, qui te plains d'avoir souffert de claustration dans ta geôlette de fer, reconnais que ta situation aurait été bien plus pénible encore si l'on t'avait enfermée dans deux cages, si l'on t'avait emmurée sous le sol, tandis que là, suspendue à un arbre dans l'enchanteresse région de Québec, tu avais tout loisir de jouir du plein air, du parfum des fleurs et de tendre l'oreille au délicieux babil des petits oiseaux chantant les louanges de la Providence ! Et tu fus deux cents ans dans cette cage ? Mais de quoi te lamentes-tu ? Songe qu'on aurait pu t'y laisser quatre ou cinq cents ans et bien davantage ! Ah ! pour le moment, hélas ! tu n'es sans doute pas en mesure de comprendre tout cela, mais ton heure viendra, pour toi aussi viendra l'heure de la Lumière.

— Ah ! ben, mon esquelette frette d'auréole rose, toé ! rage Marie-Josephte incapable de se contrôler. Si j' te comprends ben, quand un gars se casse les deux bras, les deux jambes p'is qu'i' se crève les deux yeux p'is les deux oreilles, i' doit remercier l' bon Dieu du fond du cœur en s' disant qu' ça aurait pu être pire, qu'i' aurait pu se casser trois bras, trois jambes, se crever trois yeux p'is trois oreilles ! P'is, si un gars est devenu muet, i' doit encore remercier la Providence en s' disant qu'i' aurait pu devenir muet des deux bouttes ! Viens-t'en, Charles, viens-t'en, ça presse, avant que j' me fâche p'is que j' lui étripe le moineau ! De toute façon, la meilleure manière de savoir si on doit continuer le voyage c'est de passer au vote.

167

— Voilà qui est bien parlé, dame Corriveau, ma sœur, enchaîne Leblanc, car il est dit : « Vox populi, vox Dei », le suffrage du peuple est la voix même de Dieu...

— Il ne faut pas oublier par contre, rectifie Lenoir, et la sagesse, grouic ! des siècles nous l'apprend, que l'âge mental d'une foule ne dépasse pas treize ans et que par conséquent rien n'est plus puéril qu'un jugement populaire...

— Vous autres, mes esquelettes frettes de mêleurs de proverbes, tonne Marie-Josephte, vous pouvez rester enfouis icitte, l'auréole fluorescente su' 'a tête p'is les deux pieds dans 'a marde ! Si on vous écoutait, on s'rait jamais capable d'agir. Moé, j' vas vous en dire un proverbe : « La raison du plus fort est toujours la meilleure ! » p'is là ben c'est moé la plus forte p'is j' dis à Charles-Auguste : « Amène-toé au plus sacrant avant que ces craque-pottes-là nous rendent complètement fous ! »

— Voilà qui est bien parlé, enchaîne l'imperturbable Leblanc, car c'est la sagesse des peuples qui a créé ce proverbe...

— Oui, mais la même sagesse, marmonne Lenoir, ajoute : « On a toujours besoin d'un plus petit que soi »...

— N'écoutez pas ce contradicteur de basse fosse, s'écrie Leblanc de sa voix de castrat et prêtez l'oreille encore à quelques-uns des préceptes que nous a légués la sagesse des siècles afin de nous aider à mieux orienter le cours de notre existence et à nous rapprocher de la Vérité.

Il s'exclame : « Tel père, tel fils », dit le proverbe.

— « A père avare, fils prodigue », corrige Lenoir.

— « Qui se ressemble s'assemble », dit le proverbe.

— Mais « Les contraires s'attirent ».

— « C'est le ton qui fait la chanson », affirme le proverbe.

— Mais « L'air ne fait pas la chanson », grouic !

— « Demandez et vous recevrez », dit le proverbe.

— Mais « On n'est jamais si bien servi que par soi-même ».

— « Loin des yeux, loin du cœur », assure le proverbe.

— Mais « Proximité engendre routine ».

— « Aux innocents les mains pleines », dit le proverbe.

— Mais « On ne prête qu'aux riches », grouic !

— « Un bienfait n'est jamais perdu », tempête Leblanc essayant de couvrir la voix de son double.

— « Passée la fête, adieu le saint », grouic ! vocifère Lenoir.

— « L'argent ne fait pas le bonheur », rage Leblanc.

— « Abondance de biens ne nuit pas », tonitrue Lenoir.

— « Il n'y a pas de fumée sans feu ! » crie Leblanc au bord de l'hystérie.

— « Tout ce qui brille, grouic ! n'est pas or ! » et « Ne vous fiez jamais aux apparences ! » hurle Lenoir.

Alors, dans une colère folle, tirant de part et d'autre sur le câble ombilical qui les relie, ils essaient de se faire tomber, s'injurient. Ti-Blanc Lenoir lance à pleines mains des boules de gadoue et de larges bouses qui s'aplatissent sur la tunique immaculée de son adversaire, Ti-Noir Leblanc encense et vaporise à grands jets de sa canette de parfum mille-fleurs en aérosol le visage de son rival. Lenoir arrache les ailes de cellophane de Leblanc, fait rouler par terre son auréole clignotante qu'il piétine et, s'empoignant à bras-le-corps, ils culbutent tous deux, tête la première, dans le puisard. La Corriveau, furieuse, lance :

— Y a aussi un proverbe qui dit : « A laver la tête d'un âne on perd sa lessive ». Salut !

Ils rejoignent leurs compagnons au moment où ceux-ci, après un copieux repas, reprennent leurs places dans les embarcations. Lucifer, qui dirige les opérations parce qu'il a affirmé se souvenir de l'endroit exact où se trouve le ciel, dresse son sextant à bout de bras et crie : « Envoyons d' l'avant, nos gens ! Envoyons d' l'avant ! »

Mûs par de vigoureux coups d'avirons de feu, les canots de fer reprennent bientôt leur allure. A la vitesse de la lumière, ils foncent droit vers le sommet du ciel.

Malgré la demi-obscurité qui règne dans l'univers depuis la disparition du soleil, ils distinguent dans le lointain ce qui leur paraît être une énorme forteresse de nuages dont les créneaux étincellent d'étoiles. Ils s'en approchent en ralentissant car, malgré leur détermination, ils commencent de sentir la trouille s'emparer de leurs membres. En provenance du château, affolant peu à peu nos héros, se répand dans l'espace un bruit qui ressemble au ronflement effrayant d'un géant.

Les canots accostent prudemment à la passe-relle abaissée du pont-levis. Au-dessus de la large porte d'entrée se balance une enseigne rouillée portant l'inscription : DIEU ET FILS, INC.

Nos héros, d'abord mal à l'aise, se consultent à voix basse puis, précédés de Lucifer qui, ci-gare au bec, les invite courageusement à le sui-vre en répétant : « Envoyons d' l'avant, nos gens ! Envoyons d' l'avant ! », ils pénètrent dans la vaste enceinte.

Ti-Louis Descôteaux, confus de s'être enivré, et Jos Montferrand préfèrent pour leur part demeurer à l'extérieur en prétextant qu'il faut quelqu'un pour assurer la garde des embarca-tions. A en juger par les toiles d'araignées qui pendent aux poutres du plafond, rien en ce lieu n'a bougé depuis des millénaires. Ils aperçoivent sur les dalles du plancher quelques-uns de leurs boulets de fer projetés depuis la cheminée-canon des Vieilles Forges et Archange Arbour s'in-quiète :

— Par le divin pénis d' la Vierge ! Ça s'rait-i' qu'on aurait bombardé le ciel en vain ? Ça s' pourrait-i' que l' Responsable existe pas pan-toute ?

Leur déception toutefois dure peu car, une énorme porte tournant sur ses gonds, ils voient apparaître au fond de la salle un grand vieillard courroucé qui, de toute évidence, vient d'être tiré d'un profond sommeil. L'auguste person-nage à barbe floconneuse est coiffé d'un bonnet de nuit surmonté d'une étoile en guise de pom-pon et porte une ample robe de chambre en brouillard. Chaussé à la hâte, il a introduit son pied droit dans sa pantoufle gauche et vice versa, si bien qu'il s'empêtre et manque de culbuter en s'approchant d'eux.

— Arche d'alliance et Rose mystique ! bou-gonne-t-il en levant les bras, qui donc s'avise de jeter ainsi le tohu-bohu dans mon palais et de perturber en pleine nuit mon repos répara-teur ?

Puis il s'exclame : « Toi, ici ? » en désignant Lucifer qui, tel un adolescent surpris en train de fumer en cachette, s'empresse de dissimuler son cigare derrière son dos.

— Toi, ici ? Tu viens encore faire des mau-vais coups ? Attends une minute que je retrouve ma vieille foudre et que je te tire deux ou trois coups de tonnerre dans les fesses !

Dieu le Père, fouillant dans un coffre poussié-reux, en sort une foudre qui ressemble à une escopette et y verse déjà du salpêtre lorsque Lucifer, bégayant, risque :

— Choquez-vous pas, l' Père, choquez-vous pas, on vient en amis... C'est juste une visite de bon voisinage... On n'est pas pour faire durer nos chicanes pendant toute l'éternité comme les procès d'habitants qui finissent jamais... Choquez-vous pas... C'est vrai, on vient comme ça, poliment, pour vous poser què'ques questions... M'entendez-vous, l' Père ? Etes-vous sourd ?

Et Lucifer fait signe à Charles-Auguste, à la Corriveau et à Archange d'approcher pour ajouter du poids à ses arguments. Les trois compagnons se poussent l'un l'autre sans oser faire les premiers pas. Charles-Auguste, surtout, se renfrognant sous sa casquette de feutre, donnerait une fortune pour se retrouver chez lui, paisiblement assis au coin du poêle à bois. Finalement, pensant à sa femme et avalant trois bonnes rasades de gin, il avance et marmonne, mordillant sa moustache : « Voyez-vous, votre Honneur, moé, c'est rapport à ma pauvre femme, Marguerite, enlevée injustement par le vent du nord... euh... par la mort... la mort qui passe comme un voleur... euh... j' sais ben qu' la mort est une chose juste p'is qu'un homme comme moé a pas l' droit d' rouspéter mais c'est que, voyez-vous, ça surprend toujours un peu p'is moé, ben, j'ai l' tempérament vif, j' tiens ça d' mes ancêtres, p'is v'là que j' me suis laissé emporter par la colère p'is là, ben... En té cas, votre Seigneurie, moé, chu un habitant catholique du rang du Grand Saint-Esprit, arâ Nicolet, p'is... euh... »

Dieu le Père, les regardant éberlué, la foudre à la main, se rend compte soudain qu'il n'entend pas leurs paroles et, se fouillant dans les oreilles, il en extirpe deux ouates de nuage qu'il y avait enfoncées afin de dormir à l'abri du bruit.

La Corriveau, venant à la rescousse de Charles-Auguste, lance, fanfaronne, son faisceau de plumes frémissant sur sa tête : « Y a pas d' femmes, icitte ? Vous vivez tout seul dans c' grand château-là p'is y a personne pour faire le ménage, pour s'occuper d' Vous, pour mettre un peu d' vie là-d'dans ? »

A quoi Dieu le Père, surpris, répond :

— Il y a la Sainte Vierge, au second, dans ses appartements, mais elle, c'est une Dame... Non, il n'y a pas de femmes ici. Les femmes sont des démones. Ah ! Rose mystique ! Les femmes... les femmes... Ça ç'a été ma grande erreur. J'ai fait ça pour bien faire, pour accommoder Adam, mais ç'a été ma grande faiblesse... Ah ! je l'ai bien regretté par la suite mais il était trop tard. J'avais pas aussitôt tourné le dos que la petite vlimeuse d'Eve était grimpée dans l'Arbre de la Science et croquait à belles dents dans les fruits défendus. Ah ! quelle histoire ! quelle histoire... J'étais pas pour ça non plus mais Adam cessait pas de se lamenter... Ah ! Qu'est-ce qui m'a pris aussi de créer l'homme ? Vous êtes rien qu'une bande de tannants ! Et toi, là, Marie-Josephte, sorcière, que fais-tu hors de ta cage de fer ? hein ?

La Corriveau, fulminant, explique qu'elle a été victime d'une injustice, que toutes les femmes, d'ailleurs, depuis toujours, sont traitées injustement, qu'il n'y a pas de femmes-prêtres, que les femmes doivent se couvrir la tête dans les églises, que son protégé Edouard Beaupré vient de périr de façon révoltante et que...

Sur quoi, Archange Arbour, s'enhardissant, enchaîne :

— Clitoris ! euh... Votre Honneur, vous avez tout créé en six jours p'is vous avez trouvé que cela était bien p'is depuis c' temps-là tout va d' travers ! P'is, le septième jour, vous vous êtes endormi avec des ouates de nuage dans les oreilles p'is vous avez tout laissé ça là. Réveillez-vous, nom de Dieu, grouillez-vous, la job est pas finie ! Si vous faites pas què'que chose, on va tous mourir p'is vous aussi !

— Tenez-vous tranquilles ! hurle Dieu le Père, parlez pas tous en même temps ! Ma grande gaffe c'est vous autres, bande de malcommodes, bande de tannants toujours en train de récriminer, de contester. D'ailleurs, j'en ai assez entendu pour aujourd'hui. La séance est finie. Finies les folies !

Dieu le Père, épaulant sa foudre comme un tromblon, fait feu en direction de Lucifer qui court se mettre à l'abri derrière les loups-garous mais il ne sort de l'arme qu'un petit nuage de fumée, et le Seigneur du Ciel, dépité, dit :

— Ah ! je n'ai plus mes pouvoirs d'antan. Ma foudre est éventée et l'âge a affaibli mes membres... Ah ! c'était la belle époque lorsque je brassais le chaos pour en fabriquer les galaxies, la terre, l'eau, les poissons, les oiseaux... mais j'étais jeune en ce temps-là... et puis, un jour, j'ai cru bien faire en créant l'homme et je lui ai donné un Jardin d'Eden... mais non, Adam et Eve n'étaient jamais satisfaits, ils voulaient du Sexe, du Sexe, toujours du Sexe, et de la Connaissance, toujours de la Connaissance, au lieu de rester tranquilles à cueillir des fleurs dans le Paradis...

— Vous avez voulu nous maintenir dans l'infantilisme ! harangue Archange, fallait pas nous donner d'intelligence p'is de sexe si vous vouliez pas qu'on s'en serve ! On est là, limités dans nos corps p'is dans nos esprits, mais on a la faculté d' rêver à l'Illimité. On est là, on meurt comme des mouches mais on a la faculté d' rêver à l'Eternité. On est des monstres, votre Honneur ! des monstres ! p'is on n'est pas heureux !... C'est quand même pas nous autres, les responsables. C'est vous le Responsable !

— Ça c'est vrai, vieille oreille de bœu ! appuie Charles-Auguste.

Et bûcherons de la Chasse-Galerie et loups-garous de reprendre en chœur : « Vous êtes le Responsable ! »

Dieu le Père, leur signifiant de se taire, dépose son espèce d'arquebuse dans le coffre poussièreux et reprend, nostalgique :

— J'ai eu mes torts, je le reconnais... j'ai eu mes torts... Même un Dieu peut se tromper... vous en êtes la preuve éclatante... Mais quand vous dites que je suis le Responsable, là, vous commettez une grossière erreur due à votre ignorance... Voyez-vous, j'ai eu le temps de beaucoup réfléchir depuis les origines du monde et j'admets qu'envers l'homme j'ai usé de surprotection, ce qui est bien normal d'ailleurs pour un Père. J'aurais aimé qu'Adam et Eve demeurassent au Paradis d'Innocence à tresser des couronnes de fleurs et à causer avec les animaux et les oiseaux mais eux, ils ne pensaient qu'à franchir les grilles du beau Jardin, et je savais, moi, que leur soif de connaissance ne parviendrait jamais à s'étancher... Alors, dépassé par ma propre création et profondément déçu, je me suis retiré ici, je me suis enroulé dans un cumulus et je me suis endormi avec des ouates de nuage dans les oreilles.

« Et c'est à ce moment que le grand fléau s'est produit, c'est à ce moment que, profitant de mon sommeil, la Mort sournoise s'est introduite dans l'univers. Au début, j'ai voulu discuter avec Elle, je l'ai invitée à manger à ma table mais j'ai vite compris qu'on ne discute pas avec la Mort...

« Alors, parfois, malgré les ouates dans mes oreilles, je fus éveillé par les clameurs des hommes et, voulant ramener l'ordre, j'ai fait beaucoup de fracas dans les cieux, j'ai précipité contre eux des nuées de sauterelles et de grenouilles, toutes les plaies d'Egypte, j'ai lancé contre eux le Déluge et le feu de Sodome car je regrettais d'avoir créé cette race de malcommodes... Souvent même, dans mes moments de dépression, j'ai songé à mettre un terme à cette aventure et j'ai menacé les hommes de provoquer la fin du monde, mais, semblable en cela aux parents qui donnent naissance à un enfant-monstre, j'hésitais, je ne me résignais pas à détruire mes créatures. Alors je me retournais, calais profondément les ouates dans mes oreilles et continuais à dormir.

« Non, mes enfants, non, je ne suis pas le Responsable de la Mort. Et je vais vous le prouver.

Sortant d'une des poches de sa robe de chambre en brouillard une longue clé, Dieu le Père s'approche d'une porte vermoulue et l'ouvre. Une puanteur insupportable se répand dans la pièce et tous restent figés d'horreur devant le spectacle qui s'offre à eux. Derrière la porte, s'amoncellent de nombreux cadavres en état avancé de putréfaction. Ils gisent parmi un fouillis de couronnes serties de diamants, de bagues, de sceptres, de bijoux, de rubis, de saphirs, d'émeraudes, d'épées, de cuirasses, de masques d'or et de costumes royaux en lambeaux.

— Voyez-vous, reprend le Seigneur en refermant la porte, vous venez de contempler les restes de ceux que vous appelez les anciennes divinités. Aux yeux des civilisations changeantes, ils portèrent des noms divers mais moi, parole de Créateur, je vous affirme que tous ne formaient qu'un jadis avec moi : nous ne formions qu'un seul et même Dieu, nous étions les parties d'un seul et même Tout. Or j'ai vu la Mort les atteindre l'un après l'autre et j'ai eu la tâche pénible de les reléguer aux oubliettes dans cette crypte où j'ai l'atroce certitude de devoir les rejoindre un jour, car mes pauvres enfants... (et Dieu s'arrête un instant pour essuyer une larme)... car, mes pauvres enfants, aussi bien l'avouer sans ambages, je suis le dernier Dieu vivant...

Bouleversés par cette révélation, nos voyageurs se regardent en silence. Ils ont foncé jusque-là pour s'en prendre au Responsable et voici qu'ils ne trouvent devant eux qu'un pitoyable vieillard reniflant dans sa barbe floconneuse. Charles-Auguste, impressionné, offre même à Dieu son mouchoir à pois pour que le Seigneur du Ciel puisse y éponger ses pleurs.

Alors Dieu le Père, s'approchant d'une fenêtre en ogive, demande ce qu'il est advenu de son soleil, ce qui achève de jeter la consternation parmi nos amis.

Charles-Auguste, mordillant sa moustache, et la Corriveau, jouant dans ses cheveux roux emplumés pour se donner une contenance, racontent de façon confuse comment Jos Montferrand a tenté d'arrêter l'astre et comment l'astre, en reprenant trop précipitamment sa course, a disparu de l'univers. Et Dieu, d'une voix triste, dit :

— Le soleil était mon chef-d'œuvre et c'est encore vous autres, bande de malfaisants, qui venez de le détruire. Oui, vous perturbez tout par votre insatiable soif de connaître alors qu'en vérité, en vérité, je vous le confirme, il n'y a rien à connaître... il n'y a rien à connaître si ce n'est l'Ordre immense, l'Ordre immense auquel les Dieux eux-mêmes doivent se plier. Ah ! je le répète, ma grande gaffe, c'est vous autres, car la Mort existe, bien sûr, mais vous ne cessez de l'aider par vos guerres et, en vérité, je vous le dis, si vous ne vous adaptez pas, vous finirez par tout polluer et l'univers entier ne sera plus bientôt qu'un vaste charnier, qu'un vaste dépotoir où ne survivront pas même les rats et les vers qui grouillent dans les tas d'ordures que vous amoncelez sur la terre.

«Vu mon grand âge et l'émotion qui m'étreint, vous m'excuserez donc si je cesse de discuter pour l'instant avec vous. Si vous avez encore des récriminations à présenter, je vous conseille de vous adresser à la Vierge qui est une excellente médiatrice et à mon garçon qui, lui, est allé sur votre planète et qui connaît bien vos problèmes.

Dieu le Père tire sur un cordon de velours mité et des pas se font entendre dans l'escalier qui conduit au second étage du Château. Bientôt apparaissent la Vierge et le Christ.

Jésus-Christ, les plaies encore sanglantes, les bénit et dit : « En vérité, en vérité, si vous ne devenez semblables à des petits enfants vous n'entrerez pas dans le Royaume. »

179

Cette parole a pour effet de réanimer l'agressivité d'Archange Arbour qui s'emporte :

— Bout de Crisse ! on n'est pas des enfants, on veut devenir des adultes, torrieu !

— Pourquoi me blasphèmes-tu ? l'interrompt Jésus-Christ.

— J' te blasphème pas, Câlisse, chu juste en Calvaire ! réplique Archange, irrité. Ecoutez, notre Sauveur, continue-t-il, en essayant de reprendre son contrôle, le géant Beaupré, lui, qui était un ami intime de Charles-Auguste ici présent, le géant Beaupré, lui, ça c'est un gars qui était resté en état d'enfance, même qu'on disait qu'i' était « demeuré », p'is i' a été exploité par les faiseux d'argent p'is i' a crevé de façon lamentable p'is i' a été exploité de façon scandaleuse même après sa mort (la Corriveau aquiesce de la tête). Ça fait qu' nous autres, depuis qu'Adam nous a délivrés du Paradis d'infantilisme, on veut parvenir à la maturité, on est tannés de vivre comme des ceuxses qui ont le droit de rien savoir...

— Ouow ! Archange, ouow ! l'interrompt passionnément Marie-Josephte indifférente à l'allure de clown que lui confère son panache de duvets et de plumes, même si chu toute seule de femme icitte, esquelette frette, j' me laisserai pas manger la laine sur le dos. C'est pas Adam, ce niaiseux-là, qui a sorti l'humanité du Paradis d'Innocence, c'est Eve. C'est grâce à Eve, c'est-à-dire à nous autres, les femmes, que vous avez traitées de sorcières par la suite, c'est grâce à nous autres si vous avez franchi les barrières du Jardin p'is si vous avez fait des progrès dans l' domaine d' la Connaissance. J' vous écoute vous lamenter, vous autres, les hommes, mais nous autres, les femmes, on a mille fois plus raison de s' plaindre. L'Eglise catholique est une Eglise d'hommes p'is même le ciel est un ciel d'hommes ! Y a pas une esquelette frette de femme icitte !

« C'est pas pour vous offenser, bonne sainte bénite, dit-elle en s'adressant à la Vierge, mais nous autres, les pauvres femmes, on a personne icitte pour nous comprendre. Même vous, Madame la Madone qui avez tout mon respect, vous avez accouché d'un p'tit, o.k., mais vous avez jamais connu de quoi c'est qu' nous autres, les femmes ordinaires, on connaît. Vous avez jamais été mariée avec un Louis Dodier, vous, avec un ivrogne qui vous fessait d'ssus à tour de bras p'is qui vous violait chaque soir ! C'est pas votre époux, l' bon saint Joseph qui s'rait rentré à la maison ivre-mort, aux p'tites heures du matin p'is qui vous aurait couru après avec son marteau d' charpentier à la main ; l' bon saint Joseph, lui, i' aurait jamais fait d' mal à une mouche. P'is vous avez pas eu dix-huit enfants comme ben des femmes de par chez nous qui vivaient dans la peur d'en avoir un par année p'is qui accouchaient dans la douleur p'is qui passaient leur existence à torcher des p'tits morveux p'is à r'cevoir les baffes de leurs maris paquetés d' whisky !...

« Un jour, icitte, dans l' ciel, c' qu'i' faudrait, c'est un vrai couple, pour nous comprendre, nous autres les femmes, un vrai couple, pas une Mère p'is son Fils, mais un vrai couple, un homme p'is une femme qui représenteraient tous les hommes p'is toutes les femmes, des Dieux ben représentatifs d' la majorité. Un jour,

181

va falloir qu' le Ciel change de gouvernement p'is qu'au lieu d'un Ciel d'hommes avec une Vierge, ça soit un Couple qui prenne le pouvoir icitte, esquelette frette !... P'is vous, là, notre Sauveur, o.k., i' vous ont pas manqué quand i' vous ont crucifié sans vous faire de procès mais moé itou on m'a mis à la torture, on m'a fait un procès en anglais, j'ai rien compris pantoute, p'is on m'a pendue dans une cage en fer pour un crime dont j'étais pas responsable, mais vous on vous appelle un Dieu, on vous encense tandis que moé, belle nonotte, on m'appelle la sorcière p'is on crache sur moé p'is le monde i' m' garrochaient des cailloux !

— Et la bonne souffrance ? l'interrompt Jésus-Christ, que faites-vous de la bonne souffrance ? Et que faites-vous de la bonne mort ? Hein ?

— La bonne mort ? Ah ! ben vieille oreille ! ne peut retenir Charles-Auguste malgré sa timidité.

Et Grand Sifflète et tous les gars de la Chasse-Galerie et tous les loups-garous en chœur poussent des cris de mécontentements. C'est un tollé de protestations.

Archange Arbour parvient à les faire taire et reprend :

— Ecoutez, notre Sauveur, c'est pas pour vous contrarier, mais va falloir comprendre un bon moment donné que l'humanité, là, vient d'arriver à l'âge de l'adolescence. On veut p'us être des enfants, on veut s' débarrasser du Père écrasant qui nous empêchait d'avancer, p'is on veut accéder à notre maturité. C'est pas facile, j' vous garantis. Pour nous autres, les hommes, peureux comme on est, c'est aussi dur de s'

182

débarrasser d' vous autres, les Dieux, que pour un enfant c'est dur de cesser de croire au Père Noël. Là, on veut prendre notre affaire en main p'is vous devriez nous aider au lieu d' nous mettre des bâtons dans les roues. Dans l' fond, c'est pas tellement qu'on vous en veut p'is qu'on a l'intention d' vous rejeter, c'est plutôt qu'on veut parvenir à l'âge adulte p'is qu'on veut faire une grande fête sur notre terre, une grande fête où c'est qu' les Dieux, les démons p'is tout l' monde vont s'amuser ensemble !

— On veut des Dieux l' fun ! hurlent en chœur loups-garous et bûcherons. Vivent les Dieux l' fun !

Jésus-Christ, qui semble complètement dépassé par cette argumentation, risque néanmoins :

— Et moi qui ai voulu alléger le fardeau de votre misère en vous enseignant à porter votre croix, en vous enseignant la sagesse qui dit : « Plus vous êtes mal, plus vous êtes bien », moi qui ai tenté de vous faire aimer votre souffrance, faute de pouvoir vous en délivrer...

Chahut terrible parmi les auditeurs. Bousculade. Archange a beaucoup de difficultés à ramener l'ordre. Il reprend :

— Voyez-vous, notre Sauveur, les temps changent. Le monde, à c'tte heure, i' en ont assez d' souffrir p'is d' mourir, i' ont leur stie d' voyage, comme on dit. I' va falloir vous adapter ou be don, nous autres, on va changer d' Dieux ! P'is, en plus de ça, le monde, là, i' en ont assez d' vos vieilles chicanes. Nous autres, on veut une grande fête de réconciliation p'is, pour nous donner l'exemple, c'est Lucifer p'is vous, notre Sauveur, qui allez vous donner la main p'is faire la paix.

— Moi, risque Lucifer qui jusque-là s'était contenté de suivre la discussion, je suis tout prêt à faire les premiers pas.

Il s'approche de Jésus-Christ mais, sournoisement, il secoue les cendres de son cigare sur la tunique de ce dernier en disant : « Tu es poussière ! Ha ! Ha ! Ha ! Tu es poussière et tu retourneras en poussière ! »

Jésus-Christ, insulté, s'adresse à Lucifer comme on le fait à un chien : « Couché, Satan ! Couché ! » Puis il se tourne vers la Vierge et lui demande : « Mère, écrasez la tête de ce serpent venimeux. » Mais Lucifer ne se change pas en reptile et la Vierge demeure incapable de lui mettre son pied sur la tête.

— Clitoris divin ! fulmine Archange, vous êtes des beaux pas sérieux ! Comment c'est qu' vous voulez qu'on cesse de se faire la guerre, nous autres, les pauvres hommes, si vous autres, les célestes, vous passez votre temps à nous donner le mauvais exemple !

Alors, bien qu'à contrecœur, Dieu le Père, Jésus-Christ, la Vierge et Lucifer consentent à se serrer la main et, soulevée d'enthousiasme au spectacle de ce geste historique, la petite foule applaudit à tout rompre.

On fait circuler le flacon de Charles-Auguste. Archange entonne :

« Amis, chantons tous en ce beau jour de fête
Vive la compagnie
Et que le soleil éclate sur nos têtes
Vive la compagnie ! »

Et tous de reprendre en chœur :

> *« Vive, vive, vive la vie*
> *Vive, vive, vive l'amour*
> *Vive la vie, vive l'amour*
> *Vive la compagnie ! »*

Puis ils se dirigent vers la sortie, retrouvent Ti-Louis Descôteaux et Jos Montferrand sur la passerelle du pont-levis et tous reprennent place dans les canots de fer. Ils éprouvent bien quelques difficultés à s'y entasser en raison des trois nouveaux passagers : Dieu, la Vierge et Jésus-Christ, mais ils y parviennent sans trop d'encombres et, avironnant à grands coups d'éclairs, ils repartent en direction de la terre.

Circulant à la vitesse de la lumière, les canots

ne tardent pas à se poser dans la cour de Charles-Auguste, tout près de sa maison du rang du Grand Saint-Esprit. Mais ils ne sont pas sitôt immobilisés que le sol se met à trembler.

A quelque distance, sur le champ couvert de neige, deux géants s'empoignent avec furie, se frappent à coups de pieds et de poings, semblent décidés à s'entredétruire. Chaque nouvel assaut projette autour d'eux des éclaboussures de sang. Mais, s'il est facile d'identifier l'un d'entre eux qui, bien en viande et en poils, a les oreilles et le groin d'un porc, il n'en va pas aussi aisément pour l'autre dont on ne distingue que le contour comme s'il était tracé au crayon, contour qui ne contient aucune matière.

Le plus étonnant c'est que ces deux géants sont rattachés l'un à l'autre par un cordon de chair d'une trentaine de pieds de longueur qui prend racine dans leur nombril respectif, ce qui leur donne l'allure de monstrueux frères siamois. Lorsqu'ils tentent de se fuir, ils tombent sur le sol, chacun essayant d'arracher de son ventre le cordon. Lorsqu'ils se rapprochent, la tuerie recommence.

Jos Montferrand, Ti-Louis Descôteaux, Télesphore, Almanzor, Nicéphore, Isidore, Anthénor, Godendard, Calvor, Brador et les treize loups-garous s'approchent prudemment des deux trouble-fête afin de les tranquilliser mais ils n'y parviennent qu'après un rude combat tant les deux ennemis sont absorbés par la haine qui les dresse l'un contre l'autre.

Une fois calmés, ils révèlent qu'ils s'appellent Corps-sans-Ame et Ame-sans-Corps et que, depuis le plus lointain des temps, ils doivent supporter cette situation à cause d'un sort jeté

186

jadis sur eux par le très maléfique Lutin Noir qui, assurent-ils, ne se contente pas d'emmêler comme le font les autres lutins, les crinières des chevaux, mais prend plaisir à embrouiller également les situations. A les en croire, le Lutin Noir porte la responsabilité de tout ce qui ne fonctionne pas sur la terre.

Charles-Auguste, ennuyé par la présence de ces deux énormes rivaux qui lui rappellent bizarrement le philosophe réversible, marmonne que sa folle équipée dans l'espace lui a déjà fait perdre beaucoup de temps, que Marguerite demeure toujours prisonnière de Vent du Nord, qu'il lui tarde de la retrouver, bref, qu'il n'est pas de son ressort de s'occuper de tous les malfoutus du monde.

Marie-Josephte réplique que, de longue date, elle connaît de réputation le Lutin Noir et qu'à son avis il est tout à fait inutile de vouloir retrouver Marguerite sans avoir d'abord mis un terme aux agissements du Lutin. Elle affirme même que le Lutin Noir est probablement la cause de tous leurs malheurs et qu'ils auraient dû, dès le début, tenter de le capturer et de le réduire à l'impuissance, car si ses accointances, apparemment paradoxales, avec la Dame Blanche s'enveloppent du plus profond mystère, elles n'en sont pas moins indubitables.

Charles-Auguste, bougonnant, se laisse donc gagner à la cause et il se met à réfléchir en vue de découvrir un moyen d'attraper le Lutin. Marie-Josephte, soudain, se frappant la tête, s'écrie : « J'ai trouvé ! » Ils vont tous se retirer à l'intérieur de la maison et fêter avec éclat. Leurs réjouissances ne manqueront pas d'attirer le Lutin qui voudra perturber cette joie d'autant plus qu'il s'agit de la réconciliation de Dieu et du diable. Mais on va disposer près de l'écurie la cage de fer de Marie-Josephte après l'avoir emplie de crins de chevaux, le Lutin ne pourra pas résister à sa manie d'emmêler des crinières, il va pénétrer dans la cage et alors, grâce à un dispositif comme celui utilisé pour la capture des rats, la porte va se refermer et emprisonner le Lutin.

Tous, y compris Corps-sans-Ame et Ame-sans-Corps qui, lorsqu'ils cessent de s'entretuer, reprennent une taille normale, pénètrent donc dans la maison. Charles-Auguste fait du feu, débouche des bouteilles de bière rapportées de chez son voisin Archange Arbour, et la fête commence. On chante à tue-tête, on gigue, on joue de l'accordéon et du ruine-babines et soudain, clac ! un hurlement terrifiant provient de l'extérieur. Le Lutin Noir vient de tomber dans le piège et, ivre de rage, il tente d'en faire éclater les barreaux.

Tous sortent précipitamment et, en raison de la pénombre qui persiste depuis la disparition du soleil, on braque les phares du tracteur en direction du prisonnier. Même les loups-garous, pourtant habitués à leur propre laideur, même Lucifer, malgré son expérience de l'enfer, tous reculent d'horreur en apercevant le monstre répugnant. Il ne s'agit pas en effet d'un lutin au sens habituel du terme mais d'une chose abjecte qui a la taille exacte de Charles-Auguste. Cette chose ou cette créature couleur de sangsue gluante n'est constituée que d'une sorte de bouche s'ouvrant de haut en bas, à la verticale. Cette bouche est surmontée de deux yeux fixes qu'on ne peut regarder longtemps sans succomber à leur pouvoir hypnotique, et elle repose sur deux pieds griffus ressemblant à ceux des chauves-souris. Quant aux mâchoires, hérissées d'innombrables petites dents tranchantes de requins, elles sont entourées de tentacules munis de ventouses ce qui donne à l'ensemble du monstre l'allure d'une sorte de mille-pattes. Grimaçant de rage, ouvrant et refermant la gueule en faisant crisser ses dents luisantes comme lames de rasoir, le Lutin Noir continue de répandre la terreur parmi la troupe de nos héros lorsque Charles-Auguste, son dix onces au poing, pousse un cri de colère :

— Tabarnaque de vieille oreille de bœu ! Ah ! ben, tabarnaque de vieille oreille de feu-follette, de farfadette ! J' m'appellerais pas Charles-Auguste Beausoleil si j' te faisais pas râler ton vieille oreille de dernier râle !

Il s'élance. Jos Montferrand s'empresse de le retenir. Marie-Josephte accourt à la rescousse.

— Laissez-moé-lé ! vocifère notre habitant à moustache frimassée. C'tte vieille oreille de tabarnaque-là, j'ai un compte personnel à régler avec lui. Laissez-moé-lé ! Lâchez-moé, vieille oreille de bœu !

Charles-Auguste, en effet, vient d'apercevoir, par l'ouverture des mâchoires, sa baguette de cornouiller rouge qui avait été avalée près du grand Lac Hagard, par un étrange animal noir, une sorte d'oiseau de proie au corps de loutre. C'était donc le Lutin Noir qui l'avait happée et qui, maintenant, semble le provoquer en faisant grincer ses dents luisantes comme lames de rasoir.

— Vas-y pas, Charles, supplie la Corriveau, vas-y pas. Même nous autres, tous ensemble, on n'oserait pas y aller. C'est pas un ennemi normal, ça, c'est l' génie du Mal.

Mais Charles-Auguste bout de fureur et, finalement, Marie-Josephte s'exclame : « Ah ! p'is t'as raison, Charles, vas-y, fonce dessus, p'is si i' t' maganne trop, on va t' donner un coup de main. Vas-y ! pour une fois qu'un homme s' conduit comme un vrai homme, c'est toujours ben pas moé qui va l'en empêcher. Vas-y, Charles, chu fière de toé en esquelette frette ! »

L'habitant, bien que devenu follement agressif, a un moment d'hésitation en approchant du piège. S'il ouvre la porte, il risque de voir s'enfuir la créature immonde ; par contre, s'il pénètre à l'intérieur, l'espace exigu va le contraindre à livrer un corps à corps impitoyable. Il sacre, crache, avale trois lampées de gin et, à la stupeur générale, il entre d'un coup dans la cage.

Aussitôt les ventouses du monstre se collent sur toute la surface de son corps et les tentacules, l'enserrant, se mettent à l'étrangler. La bouche du Lutin dégage une odeur de charogne et les innombrables petites dents commencent à s'attaquer à la chair de Charles-Auguste. Il tente de résister, de frapper à coups de pied et de poing mais, lorsqu'il regarde les yeux fixes de la créature infecte, il croit reconnaître le regard très doux de Marguerite et cette supercherie jette un tel trouble dans son cerveau qu'il lui est impossible d'opposer le moindre geste de violence. D'ailleurs, il étouffe dans cette cage étroite et il reste là, sans bouger, tandis que le Lutin lui dévore les pieds, les jambes, les cuisses, le sexe, le ventre, les intestins.

Alors la Corriveau, incapable de comprendre le pourquoi de l'inertie de son ami, s'avance tout près de la geôle et crie : « On veut du sang ! On veut du sang ! On veut du sang ! »

Cette intervention de Marie-Josephte tire Charles-Auguste de sa léthargie. Il était temps. Il ne restait plus de notre habitant que sa tête, un bras et son dix onces de gin. Se rappelant soudain la férocité et le courage des petites pies-grièches qui, à peine de la taille d'un merle, attaquent des oiseaux beaucoup plus gros qu'elles, se laissent tomber sur eux, les frappent du bec sur le crâne, les empalent à des buissons d'épines et les dévorent, d'un coup brusque, il brise son flacon contre les barreaux de fer et, avec le tesson, il se met à frapper, massacrer, triturer, couper, tailler, trancher, dépecer, déchiqueter, sabrer, mutiler, déchirer, disséquer, charcuter. Il hache menu le Lutin Noir, en fait une telle bouillie que son sang, soudain, se répand à flots et recouvre la terre entière comme à l'époque du déluge. Charles-Auguste, sur le point de périr noyé, retire de l'estomac du monstre sa baguette de cornouiller rouge, en frappe la surface de la mer de sang. Aussitôt, Lutin et sang disparaissent, et Charles-Auguste, tâtant son corps, se retrouve tout entier, sans la moindre blessure, vainqueur.

Télesphore, Almanzor, Nicéphore, Isidore, Anthénor, Godendard, Calvor, Brador, les loups-garous, Archange Arbour, Jos Montferrand, Ti-Louis Descôteaux, la Vierge, Jésus-Christ, Lucifer, Marie-Josephte et Dieu chantent à tue-tête :

> « *Il a gagné ses épaulettes*
> *Maluron, malurette*
> *Il a gagné ses épaulettes*
> *Maluron, maluré !* »

Charles-Auguste, encore tremblant, sort de la cage et, avant qu'il ait pu faire un geste, il voit accourir Corps-sans-Ame et Ame-sans-Corps qui se fusionnent sous ses yeux et se mêlent à lui. Il a beau attribuer ce phénomène à l'ivresse et au vertige engendré par la fatigue du combat, dès que les deux géants, unifiés, se sont confondus à lui, il se sent investi d'une grande puissance et, à son étonnement, sa baguette de cornouiller se dresse, dure, et prend les dimensions d'une grosse canne.

— Tabarnaque de vieille oreille, marmonne-t-il en rigolant et en relevant d'un coup de pouce sa casquette sur sa tête, me v'là greyé comme un boeu champion géniteur !...

Charles-Auguste, après ce violent combat, demande à prendre un peu de repos mais il n'a pas aussitôt sombré dans le sommeil qu'un songe envahit son esprit.

Une très belle jeune femme, dont les mains sont des sources, s'approche de lui et lui caresse le front afin d'apaiser tous ses tourments. Puis, d'une voix très douce, elle lui raconte une histoire : le jour, assure-t-elle, le soleil, haut perché dans le ciel, féconde la mer avec ses rayons. Le soir, il s'unit plus profondément encore à elle et meurt ainsi que le font beaucoup d'insectes après l'accouplement. Mais cela n'a rien de tragique car, des abîmes de la mer, ne tarde pas à s'élever la lune et la lune est un œuf qui porte la semence de la lumière dans sa coquille. A l'aube, la lune retourne sous la mer après avoir donné naissance à un nouveau soleil qui monte au sommet du ciel et tout recommence. Et si la Dame Blanche, continue-t-elle, est devenue un monstre, c'est que, égarée par un incompréhensible désir de puissance, elle a voulu s'accaparer la semence de lumière, la retenir jalousement dans son ventre de lune et empêcher ainsi la renaissance du soleil.

Ce premier songe procure à Charles-Auguste une béatitude indéfinissable. Il lui semble qu'il vient de comprendre l'énigme de la vie. Mais ce songe de sérénité est aussitôt suivi d'un cauchemar étrange.

Au début, Charles-Auguste se voit peu à peu jaunir depuis la tête jusqu'aux cuisses puis il se liquéfie et constate qu'il est devenu un jaune d'œuf possédant toutefois deux jambes. Mais voici que se précipite vers lui la coquille cassée d'un œuf, coquille qui, ressemblant à une mâchoire à dents tranchantes, cherche voracement à reprendre possession de son jaune. Alors Charles-Auguste, changé en jaune d'œuf, se met à courir, à courir, à courir, mais la coquille, bondissant derrière lui, cherche de plus en plus férocement à le happer. Charles-Auguste alors, se frappant les jambes avec sa baguette de cornouiller rouge comme Alexis-le-Trotteur se fouettait pour accélérer sa course, commence à monter dans le ciel où il se couvre brusquement de rayons et devient le soleil. Mais la coquille, à son tour, se transforme en une immense bourrasque de neige et notre rêveur croit comprendre que le soleil est un jaune d'œuf poursuivi par la coquille de glace géante de la mort qui tente de le reprendre entre ses dents coupantes, de l'engloutir en elle et de le congeler.

A son réveil, notre habitant, bien qu'épuisé par sa fuite dans l'espace, interprète le premier songe comme lui annonçant la fin prochaine de son aventure et le second songe comme un appel à l'aide que vient de lui adresser le soleil ; aussi, devant l'urgence de la situation, il décide de se mettre immédiatement en route pour aller délivrer l'astre de vie et rétablir l'équilibre de l'univers rompu par les maléfices de la Dame Blanche.

Une volée d'oies blanches passe dans le ciel et, malgré la pénombre persistante, Charles-Auguste en déduit qu'on doit maintenant se trouver aux environs d'avril. La disposition en pointe de flèche des oiseaux migrateurs lui paraît en outre de bon augure. Il jette sur le sol sa baguette de cornouiller qui oscille telle une aiguille de boussole puis se fixe en direction des territoires du Nouveau-Québec.

— Mes bons amis, déclare-t-il avec une assurance que nul ne lui connaît, l'heure est venue pour moé d' monter jusqu'au repaire de Vent du Nord et d'en finir avec le sort que des esprits malins ont jeté sur moé. J' m'en vas grimper franc nord tant et aussi longtemps qu'i' va m' rester un souffle d'énergie p'is, c'tte fois-citte, y a pas une vieille oreille d'ensorcellerie qui va m'empêcher d' ramener ma femme à la maison !

Tous applaudissent et s'apprêtent à l'accompagner dans son voyage périlleux mais l'habitant leur intime l'ordre de demeurer sur place. Il va partir seul. « J' m'appellerais pas Charles-Auguste Beausoleil si j'étais pas capable de m' rendre jusqu'au boutte par mes propres moyens. P'is si je r'viens jamais, vous saurez toujours ben que chu pas d' la race des ceuxses qui plient, vieux tabarnaque de bœu ! »

Il jette un coup d'œil plein de superbe sur son flacon d'alcool brisé signifiant par là qu'il se sent prêt à affronter les pires dangers sans l'aide de son gin. Il cale sa casquette de feutre sur son crâne, reprend sa baguette en main, et, bien à l'abri sous sa combinaison de laine, sa chemise à carreaux, sa salopette de fermier, tel un chevalier d'antan dans son armure, il prend place sur le siège de métal recouvert d'une peau de mouton. Il met en marche le moteur, actionne la souffleuse qui prend l'allure d'une sorte de dragon dévoreur aux crocs de fer, et, avançant, reculant, fonçant sur les monceaux de neige, il s'engage résolument sur le rang du Grand Saint-Esprit tandis que Marie-Josephte, muette d'admiration, l'encourage en tentant de lui communiquer tout le feu de son regard.

De nouveau il parcourt la route en lacets qui suit le cours du Saint-Maurice, traverse les villages de Saint-Roch-de-Mékinac, Mattawin, Grande-Anse, Rivière-aux-Rats, La Tuque, Rapide-Blanc, poursuit jusqu'au Lac Saint-Jean, emprunte la voie qui, passant par Notre-Dame-de-la-Doré, longe la rivière Chamouchouane, et atteint sans trop d'encombres Chibougamau et le Mont-du-Sorcier.

A partir de ce point, se fiant pour toute boussole à la direction de sa baguette, il se hasarde dans le touffu inextricable de la forêt. Souches, marécages, savanes, enchevêtrements de troncs pourris et d'épinettes drues, il parvient jusqu'à la Rivières-aux-Outardes, la franchit, contourne le Réservoir Manicouagan, s'engage le long de la rivière Mouchalagane, dévie au pied des Monts Otish jusqu'à la montagne Wapaskouch où il se retrouve totalement désorienté.

L'épuisement gagne tout son être, ses cils presque pétrifiés de givre lui bouchent la vue, la peau de ses joues fend sous les fins couteaux du froid. Malgré tout, les tempêtes, jusque-là, l'ont épargné et Charles-Auguste s'en réjouit.

Il s'est bien promis de ne s'abandonner sous aucun prétexte au sommeil, vu le danger de ne jamais se réveiller, mais là, renfrogné dans sa chemise à carreaux, il ne peut résister davantage et glisse peu à peu dans la somnolence.

Il en est brutalement tiré par une bourrasque qui manque de renverser le tracteur-souffleuse et bientôt, tombant par paquets fous, les flocons se mettent à tourbillonner autour de lui. Il reconnaît dans cet assaut la sauvagerie de Vent du Nord qui, sans doute, attend l'affaiblissement de Charles-Auguste pour mieux le frapper.

— Tabarnaque de vieille oreille de bœu! hurle-t-il en dressant le poing vers son ennemi, j' m'appellerais pas Charles-Auguste Beausoleil si j' te passais pas la bride autour du cou! M'en vas t' mettre à ma main, mon vieille oreille de bœu!

Il remet le moteur en marche mais, à son grand désarroi, sa baguette de cornouiller rouge, comme affolée par la violence de la rafale ou hésitant à le conduire jusqu'au but, oscille en tous sens. Notre habitant têtu n'en persiste pas moins à progresser mais il commence de zigzaguer. Par la rivière Opinaca, il arrive à Pointe-du-Morse sur les bords de la Baie James, roule jusqu'à Pointe Kakachischuane et, franchissant les entassements de glace aux crêtes acérées, il finit par aboutir à Qurlutuq, sur une île voisine de l'île Tukarak, en pleine Baie d'Hudson. Furieux de s'être égaré aussi bêtement, il repart vers la côte et, filant le long de la Grande-Rivière-de-la-Baleine, contournant le lac Michikamau, suivant la rivière Canairictok jusqu'à Aillik, il traverse d'ouest en est toute l'immensité du Nouveau-Québec et se retrouve sur les rives escarpées de l'Atlantique.

Incapable d'accorder confiance à sa baguette qui semble redouter l'issue du voyage, il décide de suivre les méandres de la côte montant depuis la baie Kongiskslaluk, l'île Aulatsivik et le fjord Nachvak jusqu'au mont Qalirusilik qui se dresse à la fine pointe de la Baie d'Ungava. Là, croyant continuer droit vers le nord en se maintenant sur le bord de la mer, il redescend sans le savoir en direction du sud. Depuis un long temps d'ailleurs il roule presqu'à l'aveuglette, avançant, reculant, fonçant sur les bancs de neige durcie qu'attaquent avec des cris de ferraille les spirales de la souffleuse. Depuis son bref arrêt près de la montagne Wapaskouch, la poudrerie n'a pas cessé de l'assaillir. Elle se retire parfois, va se tapir derrière quelque monticule de glace puis se jette de nouveau sur lui avec une violence décuplée. Elle tournoie tel un gigantesque serpent blanc, tente de le broyer dans ses anneaux. Elle s'infiltre sous ses vêtements, se colle sur la peau, lacère, veut faire éclater les veines sous ses serres de froid. Elle s'enfuit en reptile puis, en une brusque volteface, elle fonce droit sur les yeux pour les crever. Charles-Auguste, qui n'a pas dormi depuis son départ, ne cesse de se frotter les paupières afin de chasser les hallucinations. Il aperçoit trois soleils côte à côte puis sept soleils disposés en arc de cercle. Les soleils descendent sous l'horizon puis remontent quelques centaines de pieds plus loin confondant ainsi l'est et l'ouest de telle sorte que notre habitant ne sait plus comment s'orienter. Et ces visions jettent dans son esprit un trouble d'autant plus considérable que Charles-Auguste n'a pas revu le soleil depuis

la malencontreuse tentative faite par Jos Montferrand en vue d'arrêter l'astre dans sa course.
Une sorte de demi-ténèbre règne d'ailleurs
depuis ce temps et, si le but principal de notre
héros consiste à délivrer sa femme Marguerite,
il se propose également de retrouver l'astre de
vie et de lui redonner sa place au sommet du
ciel. Aussi lutte-t-il de toutes ses forces pour ne
pas se mettre à la poursuite des grappes de
soleils fugitivement aperçues un peu partout à
travers les bourrasques de neige dansante. La
solitude surtout lui devient intolérable. Par
quelle aberration a-t-il décidé d'entreprendre
cette quête sans l'aide de ses puissants compagnons ? Et qui peut l'assurer qu'il n'est pas
complètement fou lorsqu'il refuse de croire à
la réalité des trois ou des sept soleils que Vent
du Nord prend plaisir à faire monter et descendre ici et là afin d'égarer définitivement son
esprit ?

Brusquement, il se revoit, petit vieillard malingre et trembleur assis au coin du poêle à bois
à entretenir peureusement le feu pendant les
longues nuits d'hiver et, à la pensée qu'il se
trouve maintenant seul dans les territoires
désertiques du haut Québec, il ne peut retenir
un grand cri de terreur. Lui, jadis chevrotant,
il ne se reconnaît plus dans le personnage entêté
qui maintenant persiste à affronter les forces
déchaînées des tempêtes polaires. Car, malgré
sa fatigue, en effet, il continue. Baie Tasikallak,
Anse Aluppaluk, rivière Koksoak, mont Tunnun-
tuuk, Charles-Auguste, zigzaguant cette fois
d'est en ouest, se retrouve de nouveau sur les
bords de la Baie d'Hudson où, au comble du
désarroi, il s'arrête à l'Anse à l'Erreur.

— Tabarnaque de vieille oreille de bœu !
jure-t-il dans sa moustache frimassée, j'ai encore
perdu l' nord !

A partir de ce point, pourtant, sa baguette
s'immobilise dans une direction et notre habitant, reprenant courage, se remet en route. Si,
jusque-là, les forêts ont constitué le principal
obstacle, maintenant toute végétation disparaît.
Il ne reste plus un seul arbre et l'immensité en
paraît décuplée. Ce n'est plus que montagnes
grises et nues, toutes identiques, ressemblant
à des crânes de morts. Povungnituk, Pinguk,
Qassituk, Kissuujaaluk, Deception Bay. Charles-Auguste traverse le détroit d'Hudson sur
les glaces, s'engage sur la Terre de Baffin et,
malgré la pénombre persistante, malgré la violence de la poudrerie, suivant la direction indi-
quée par sa baguette de cornouiller rouge, il
continue de filer vers le nord.

Brusquement, il pénètre dans une zone de
brouillards opaques à travers lesquels il parvient néanmoins à distinguer ce qui, à première
vue, lui paraît être une banquise ovale aussi
grande qu'une cathédrale. Mais sa stupéfaction
atteint son comble lorsque, s'étant maintes fois
frotté les paupières presque scellées par le froid,
il constate qu'il s'agit d'un œuf de glace immense et translucide au centre duquel gisent et la
lune et le soleil éteints. Il lutte du mieux qu'il
peut pour résister à cette nouvelle hallucination
qui lui rappelle de façon désagréable l'étrange
geôle où il a jadis failli périr congelé sur la lune.
Puis la brume, se déployant avec des froufrous
de voiles, devient un suaire recouvrant les formes d'une femme immense debout sur l'emplacement précis du Pôle, femme immense dont

la tête se couronne d'un diadème d'étoiles froides et dont la chevelure, déroulée dans l'espace, est la voie lactée.

— Tabarnaque de vieille oreille de bœu ! marmonne Charles-Auguste pris de frissons, me v'là encore face à face avec la Dame Blanche... Comment ça s' fait-i' qu'a' soit pas encore défuntisée, c'tte vieille oreille de malfaisante-là ?

C'est bien la Dame Blanche, en effet, et plus redoutable que jamais. Elle tient dans sa main une énorme horloge grand-père qui est l'horloge du temps et dont elle remonte le mécanisme grinçant. Dans son ventre, qui seul semble de chair, repose l'œuf-banquise contenant la lune et le soleil qu'elle a capturés et frigorifiés en soufflant sur eux son haleine car son haleine est le vent du nord.

Charles-Auguste a donc devant lui le véritable responsable de l'hiver et de la mort. La Dame Blanche se dresse de toute sa stature gigantesque et, ouvrant son suaire de brume qui découvre non pas un corps mais un squelette aux os de verglas, elle s'avance vers Charles-Auguste avec l'intention bien arrêtée de s'en saisir et de l'enfouir en elle.

Notre habitant, malgré son épuisement et le peu de créance qu'il accorde à cette vision, descend en vitesse de son tracteur, empoigne sa dure baguette de cornouiller rouge, en aiguise l'un des bouts contre les spirales d'acier de la souffleuse et s'apprête à diriger cette arme vers le Monstre lorsque, ses yeux remplis de haine fixant ceux de la Dame, il croit reconnaître en eux le très doux regard de Marguerite qui implore sa pitié. Au bord de la démence, il sent que tout son corps se fige, qu'il lui devient impossible d'opposer le moindre geste et qu'il va s'abandonner sans résister, qu'il va même, cherchant l'apaisement définitif, s'aller blottir comme un enfant entre les bras de la Dame. Peu s'en faut même que, tourmenté par le remords d'avoir failli attenter à la vie de celle qu'il prend pour sa femme, il ne retourne contre lui son dard et ne s'en perce le cœur.

Heureusement, il lui revient à la mémoire, l'instant d'un éclair, qu'il a déjà résisté avec succès à un sortilège identique lors de son affrontement avec le Lutin Noir. Et ce sont les cris de la Corriveau : « On veut du sang ! On veut du sang ! » qui l'avaient tiré de sa paralysie. Alors, se flanquant une claque puissante en pleine figure, il s'arrache à l'enchantement et, tel un chasseur esquimau brandissant son harpon, il ramasse dans ses vieux muscles toute l'exécration accumulée par les humains contre la mort depuis le plus lointain des temps et projette avec une énergie titanesque son épieu qui file dans l'air froid et s'enfonce d'un trait dans le nombril de la Dame Blanche. Celle-ci pousse un cri déchirant, se tord de douleur, titube, laisse échapper son horloge qui se brise sur le sol en répandant tous ses ressorts et ses rouages, porte ses deux mains à son ventre afin d'en retirer l'épieu dont la pointe fabriquée comme celle d'un hameçon ne peut plus être extirpée, vacille, puis s'effondre de tout son long sur la neige.

Sans perdre une seconde, malgré sa frayeur, Charles-Auguste réempoigne sa baguette, la tourne dans la plaie, coupe la chair et parvient à dégager l'œuf de glace qu'il perfore avec la pointe aiguë de son espèce de javelot. Au bout d'un temps assez bref, il fait rouler hors de la coquille le soleil éteint et la lune qui est dans son plein.

Mais, au moment où il va s'accorder un peu de répit et se réjouir de son triomphe, il ne voit pas sortir du ventre de la Dame un hideux tentacule blanc qui l'enserre et, ajustant à lui sa ventouse comme une sorte de cordon ombilical, le fait basculer au fond de l'œuf-banquise où il se heurte brutalement la tête contre l'une des parois.

Le vertige s'empare de son esprit, sa taille diminue à folle allure, il se voit sur le point d'être ramené aux proportions d'un fœtus mais il parvient à réunir assez de force et de colère pour s'emparer de sa baguette et, d'un seul coup, il tranche le tentacule ombilical.

Aussitôt, il retrouve ses membres et sa stature d'adulte. Le tentacule, toutefois, se métamorphose en serpent et se jette sur lui en l'étranglant dans ses anneaux de glace. Charles-Auguste, affolé, incapable d'assener au reptile des coups meurtriers sans se blesser lui-même et craignant de périr étouffé, hésite puis, au risque de se tuer, il frappe et frappe le monstre avec son javelot, le découpe, le hache menu, se dégage de son étreinte.

Soudain, il s'arrête et constate qu'il ne reste nulle trace de la bête. Son corps à lui, par contre, est tout béant de plaies et saigne de partout. Ses bras, ses jambes, sa poitrine sont creusés de profondes entailles. Son abdomen est percé de part en part. Charles-Auguste croit sa fin venue mais, à son grand étonnement, ses blessures peu à peu se cicatrisent et le sang, qui tachait ses vêtements, se transforme en plaques de lumière.

Le vieil homme cependant, et malgré ce prodige, ne se fait aucune illusion sur le sort qui l'attend. Ce long voyage entrepris dans le but de retrouver son épouse, cette succession d'aventures périlleuses et ce dernier combat surtout contre les sortilèges de la Dame Blanche ont fini par miner son organisme et il a la certitude que ses jours désormais sont comptés.

En dépit de son épuisement, il s'entête à poursuivre jusqu'au bout et, parvenant à concentrer l'énergie qui lui reste, il monte sur son tracteur rouge, met le moteur en marche et pulvérise la Dame Blanche qui achève d'agoniser. Les spirales de l'engin s'attaquent en cris de ferraille aux pieds de la Dame, à ses jambes, à tout son squelette gigantesque sur lequel courent des ours polaires, des morses et des pingouins, et la souffleuse projette dans l'espace en une fine poussière les débris de la Mort qui, retombant d'abord en flocons, ne tardent pas à se muer en pétales de marguerites, et ces pétales non seulement recouvrent le sol mais se regroupent peu à peu jusqu'à donner naissance au corps nu d'une merveilleuse jeune fille à cheveux jaunes en qui Charles-Auguste reconnaît sa femme âgée de dix-huit ans.

Il stoppe sa machine, se dirige vers la jeune beauté en murmurant de bonheur : « Marguerite, Marguerite » et il l'étreint contre son cœur qui se remet à battre avec ardeur et l'assure ainsi d'un sursis considérable.

— A c'tte heure, j' te tiens p'is j' te lâche p'us. Y a p'us une veille oreille d'ensorcellerie qui va t'arracher à moé, mon amour.

Marguerite, n'hésitant pas cette fois à identifier son époux malgré ses traits d'homme âgé, pleure de joie entre ses bras. Puis, nue, ses cheveux jaunes dénoués jusqu'à la taille, elle recueille la pleine lune entre ses mains délicates et, d'un geste gracieux, elle la lance dans l'espace. La lune reprend aussitôt vie et, telle un oiseau planant très loin au-dessus de la tête de la jeune femme, elle accompagne Marguerite dans ses déplacements.

Les deux amoureux, pressés de réintégrer leur maison, prennent place sur le tracteur. Charles-Auguste, persuadé qu'il n'en a plus pour longtemps mais soutenu par tant de félicité, offre à son épouse sa chemise à carreaux, sa casquette à oreilles, sa salopette de fermier et ses bottines de feutre mais le froid diminue constamment et la jeune personne n'en ressent d'ailleurs nullement les effets. Charles-Auguste essaye de ranimer le soleil éteint en le frottant vigoureusement dans ses mitaines. N'y parvenant pas, il le remet à Marguerite qui, assise sur l'aile du tracteur, étreint l'astre contre son sein tel un petit enfant mort.

Le retour s'effectue de façon fort agréable car, à mesure qu'ils avancent, la neige devant eux se change en pétales de marguerites. Lorsqu'ils arrivent à la maison en briques rouges du rang du Grand Saint-Esprit, tous leurs amis, Marie-Josephte en tête, les accueillent avec délire. On entoure Marguerite en chantant :

« Vive la Canadien-en-ne
Vole, mon cœur vo-o-o-o-le
Vive la Canadien-en-ne
Et ses jolis yeux doux »

Les loups-garous reprennent :

> « *Et ses jolis yeux doux, doux, doux,*
> *Et ses jolis yeux doux* »

Et tout le monde d'entonner en chœur :

> « *Vive la Canadien-en-ne*
> *Vole, mon cœur vo-o-o-o-le*
> *Vive la Canadien-en-ne*
> *Et ses jolis yeux doux* »

Charles-Auguste, pressé de questions, raconte dans le détail, poussant un « vieille oreille de bœu ! » par-ci, un « vieille oreille de bœu » par-là, toutes les péripéties de son aventure. Comme preuve de sa bonne foi, d'ailleurs, il rapporte un étonnant trophée. Il a attaché derrière son tracteur-souffleuse la chevelure immense de la Dame Blanche. Ainsi procédaient jadis les Indiens lorsqu'ils rapportaient le scalp d'un ennemi tué. Et cette chevelure, après que chacun l'a bien palpée, Charles-Auguste la fait tournoyer à bout de bras et, afin que la postérité conserve le souvenir de sa victoire sur la Mort, il la lance dans l'espace où elle se déploie et reprend sa forme de voie lactée.

Mais les amis, eux aussi, réservent une surprise à Charles-Auguste. Pendant son absence, en effet, — et cela coïncida sans doute avec la mort de la Dame Blanche —, le géant Beaupré et Alexis-le-Trotteur sont ressuscités.

— Beu... eu... eu... da... a... a... a... da...! jubile Edouard Beaupré, toujours coiffé de son haut-de-forme noir, toujours chaussé de ses énormes bottines de feutre sans caoutchoucs, portant sur l'épaule son « gueval » bien-aimé, et qui a retrouvé sa stature de trois cents pieds de hauteur.

Alexis-le-Trotteur, lui, mâchouillant des grains d'avoine, hennit comme un jeune poulain lâché dans le pré au début du printemps.

Et c'est bien d'ailleurs le début du printemps. D'ici quelques semaines, trilles rouges et crosses de fougères vont jaillir hors du sol. Tous auraient le cœur aux réjouissances mais le soleil rapporté du Pôle par nos deux héros demeure sans vie et la pénombre continue d'envelopper le monde.

— Mon beau soleil, mon beau soleil, le chef-d'œuvre de ma création, se lamente Dieu le Père, voyez ce que vous en avez fait !

Jos Montferrand, bien sûr, sentant peser sur lui tout le poids du reproche divin, voudrait disparaître sous la terre. C'est la Corriveau qui, une fois de plus, toujours dynamique, riposte :

— Ecoutez, l' Père, esquelette frette, ça sert à rien de gémir sur les pots cassés. On n'a pas fait tout cet ouvrage-là pour s'arrêter au dernier obstacle. Moé, pendant les deux cents années passées dans ma cage de fer, j'ai appris que quand on veut sortir d'une situation faut avoir la tête dure. Faut pas lâcher. Dans la vie, comme on dit, y a rien qu' les ceuxses qui ont une tête de pioche qui arrivent à faire què'que chose !

« C'est curieux mais i' me r'vient en mémoire une formule magique que mon défunt père avait apprise des sorciers de l'Ile d'Orléans. Mon défunt père me la répétait souvent en se grattant le crâne parce qu'on a jamais su de quoi c'est qu' ça voulait dire mais c'est curieux, me semble que c'est aujourd'hui que c'tte formule-là pourrait nous servir. Ça disait : « L'or naît de l'eau comme naît de la mer l'astre d'or de l'aurore ».

Elle répète la formule à plusieurs reprises et chacun la reprend pour soi essayant d'en déchiffrer le sens caché : « L'or naît de l'eau comme naît de la mer l'astre d'or de l'aurore ». « L'or naît de l'eau... L'or naît de l'eau... »

— Vieille oreille de bœu ! hurle Charles-Auguste, exalté. J' pense que je l'ai trouvé ! Faut-i' être cornichons pour tant s' creuser les méninges. C'est ben simple, vieille oreille, c'est ma recette de tire d'érable !

208

L'intuition de Charles-Auguste n'apparaît pas lumineuse à tous du premier coup mais notre habitant met tant d'empressement à se diriger vers sa cabane à sucres et tant de sûreté dans la répartition des tâches que ses compagnons se laissent gagner à sa cause. Edouard Beaupré, avec ses larges pieds, ouvrira des sentiers en foulant la neige ; les huit gars de la Chasse-Galerie entailleront les érables avec des vilebrequins, y enfonceront des chalumeaux, y suspendront des « chaudières » en fer-blanc ; Jos Montferrand et Ti-Louis Descôteaux s'attelleront aux lourds traîneaux portant des tonneaux de mélasse vides servant de réservoirs ; Alexis-le-Trotteur et les treize loups-garous rapporteront les « chaudières » pleines de sève et la déverseront dans les tonneaux. Archange Arbour et la Corriveau s'occuperont du ravitaillement, fabriquant et servant, afin de redonner forces et entrain, les crêpes au sirop, les œufs cuits dans le sirop, les grillades de lard et le jambon. Quant à Dieu le Père, vu son grand âge, il va superviser la bonne marche des travaux, et quant à Lucifer et à Jésus-Christ, qui recommencent à se houspiller et à se tirer les cornes et l'auréole, ils verront à couper et à transporter des bûches pour alimenter le feu.

Charles-Auguste, après avoir donné ces ordres, s'approche de la cabane en planches grises, secoue la vieille porte, pénètre à l'intérieur, chasse à coups de balai les toiles d'araignées, ouvre les deux panneaux de la cheminée de bois, nettoie son évaporateur « Champion » et, dès que la sève, apportée par les compagnons, se met à circuler dans la large cuve, il allume le feu qui va transformer le précieux liquide en sirop bouillant puis en tire.

Chaque printemps, Charles-Auguste a accueilli la saison des sucres avec un plaisir nouveau mais, cette fois, il doit s'asseoir sur une bûche et, portant la main à son cœur, il sent remonter en lui toute la fatigue accumulée par tant d'extravagantes aventures. Il lui apparaît même évident qu'il ne va probablement pas survivre à son entreprise de recréation du soleil. Certes, il ne va pas abandonner au dernier moment, il va tenter de mener à terme cette opération que lui seul peut effectuer, mais une immense tristesse s'empare de lui à la pensée qu'il ne reverra pas Marguerite, Marguerite qui, dans la fleur de sa jeunesse, s'active en ce moment, aidée par la bonne Vierge, à remettre en ordre la maison. Et la situation est d'autant plus pénible que Marguerite existe maintenant telle que Charles-Auguste l'a toujours rêvée. Au lieu de se précipiter vers ses robes, en effet, la jeune femme continue depuis son retour d'aller et venir nue avec la plus parfaite aisance ; elle a même refusé le voile bleu pudiquement offert par la Vierge. Marguerite rit, chante et sa chair libre est un constant appel au plaisir. C'est avec une femme comme celle-là que Charles-Auguste voudrait recommencer sa vie. Mais voici qu'il lui devient difficile de respirer. Aussi, se levant avec peine, il ordonne qu'on le laisse tout à fait seul et que personne ne pénètre dans la cabane pleine de vapeur où il s'enferme en compagnie du soleil mort rapporté du Pôle.

Pendant sept jours et sept nuits, ses amis travaillent d'arrache-pied tandis que Charles-Auguste, penché sur son évaporateur comme un vieil alchimiste sur son creuset, expérimente diverses formules susceptibles de redonner vie au soleil. L'habitant ne s'est pas trompé. L'eau ou sève d'érable, en chauffant, épaissit et acquiert peu à peu la couleur et la consistance d'une magnifique tire dorée — l'or, donc, naît de l'eau. Charles-Auguste, dès le début de l'opération, étend le soleil éteint dans la cuve où il se mêle à la sève bouillonnante et, au bout de sept jours et de sept nuits, Charles-Auguste sort enfin de la cabane, répand sur la neige une énorme quantité de tire qui fige peu à peu tandis qu'il la modèle en lui donnant la forme d'un astre. Lorsqu'il a terminé, épuisé, il s'appuie contre un arbre et, aux yeux émerveillés de tous ses compagnons, l'astre de tire dorée s'élève lentement de sa couche de neige, monte dans le ciel, grossit, s'amplifie démesurément et va se fixer au zénith d'où il projette par l'univers sa lumière triomphante de nouveau soleil.

Le jour enfin est de retour. Les applaudissements fusent de partout. On parle d'organiser une fête à nulle autre pareille, on sort déjà accordéons, crincrins et ruine-babines mais la stupeur est générale lorsque Charles-Auguste, réclamant le silence, fait ses adieux à tous et déclare, la larme à l'œil, qu'il va se retirer de nouveau dans la cabane afin d'y mourir.

Marie-Josephte et tous les autres accourent pour lui porter assistance mais le vieillard épuisé assure qu'il veut assumer seul jusqu'au bout son destin.

— Vieille oreille, parvient-il à dire, j' m'appellerais pas Charles-Auguste Beausoleil si j'avais pas le courage de m'affronter moi-même. C'est peut-être le dernier ennemi qu'un homme doit rencontrer dans sa vie, ça fait que j' veux lui faire face tout fin seul.

Il referme sur lui la porte de la cabane de planches grises au toit de tôle rouillée. Au-dehors, tous s'abandonnent au chagrin tandis que Charles-Auguste, abattu par l'approche de sa fin, s'assoit sur une bûche, s'allume une pipe de tabac fort — ce qu'il n'a pas eu le loisir de faire depuis très longtemps — et se met à réfléchir. Son regard soudain se pose sur une chrysalide de papillon enfouie dans la fente d'une planche. Et brusquement la lumière l'envahit. Il n'est pas du tout en train de mourir, il ne fait que changer de peau ! D'ailleurs, se répète-t-il pour s'en convaincre, on ne meurt jamais, on ne fait que changer de nature comme on changerait de culottes et la fin d'un être est toujours le commencement d'une nouvelle forme de vie. Il modèle entre ses paumes une boule de tire dorée, la suce, l'avale, ferme les yeux et s'immobilise dans une sorte d'état cataleptique où il demeure pendant trois jours et trois nuits. Au cours de cette période, la boule de tire dorée, telle une graine de feu, tel un morceau de soleil, se met à germer en lui et à pousser des vrilles robustes qui peu à peu s'épanouissent dans tout son être. Si bien qu'au bout de trois jours et trois nuits, à la stupéfaction générale, la porte de la cabane s'ouvre avec fracas livrant passage à un beau jeune homme de vingt ans, nu, le corps brillant comme l'or, et qui porte dans ses bras le cadavre de Charles-Auguste. Le beau jeune homme empoigne énergiquement une pelle, creuse une fosse, y jette la dépouille du vieillard, l'enterre et, s'adressant à la petite foule, il dit d'une voix joyeuse :

— Vieille oreille de bœu ! Vous me r'connaissez pas ? C'est toujours moé ! C'est la première fois que j' meurs p'is que j' me remets au monde, c'est pas facile mais, à c'tte heure que j' sais qu' c'est faisable, chu prêt à r'commencer n'importe quand. J' vas passer l'éternité à mourir p'is à me r'mettre au monde ! Mon nom au complet c'était pas rien que Charles-Auguste Beausoleil, c'était Joseph-Philédor-Charles-Auguste Beausoleil. A l'avenir, j' veux qu'on m'appelle Philédor Beausoleil !

Resplendissant de santé, Philédor sourit à tous ses amis. Les carouges, pourchassant les femelles, sautent de branche en branche en gonflant les ailes. Les feuilles neuves forcent la cosse de leurs bourgeons. Il ouvre les bras comme pour embrasser toute la beauté du monde lorsqu'il aperçoit sur le sol la baguette de cornouiller rouge qui, d'un bond, lui saute dans la main puis, se glissant entre ses cuisses, se confond à son sexe qui ne tarde pas à se dresser lorsque accourt, superbe dans sa nudité et ses longs cheveux jaunes, Marguerite qui, folle de bonheur en reconnaissant l'amoureux de sa jeunesse, se jette contre sa poitrine et l'embrasse à pleine bouche.

Tous alors, revenus de leur surprise, se mettent à chanter et à danser en faisant la ronde autour du couple enamouré. Puis Philédor s'écrie en rigolant, les joues pourpres de fierté :

— Vieille oreille, les amis, si vous y voyez pas d'inconvénient, Marguerite p'is moé on voudrait pas être des casseux d' veillée mais j' pense qu'on va se retirer dans la chambre nuptiale rapport que, voyez-vous, j'aurais què'que chose

de ben important à lui glisser dans l' creux d'
l'oreille !

Jésus-Christ, la Vierge et Dieu le Père regardent vers les nuages en se donnant l'air de ceux
qui n'ont rien entendu mais tous les autres s'esclaffent, friands qu'ils sont de ce genre de plai-
santeries gaillardes. Philédor enlève Marguerite
dans ses bras, marche jusqu'au seuil de la maison, salue tous ses compagnons et referme la
porte derrière lui.

Le soir tombe. Est-il préférable de garder le silence ou d'organiser une joyeuse veillée ? On opte pour la joyeuse veillée. On allume un grand feu, on frotte l'arcanson sur les archets, on marque la mesure en tapant du pied, on fait claquer les cuillers, accordéons et guimbardes se mettent à jouer, chacun pousse son couplet, on danse toute la nuit tandis que Philédor et Marguerite, criant, roucoulant, riant, connaissent enfin dans leur chambre les délirants ébats qu'ils s'étaient si stupidement refusés lors de leur première vie.

A l'aube, le soleil bondit hors de l'horizon comme un énorme tambour frappé par le marteau de la lumière. Du moins est-ce l'impression qu'ont tous les fêtards mais ils constatent bientôt que le vacarme de tubas, de trombones, de trompettes, de clarinettes, de saxophones et de cymbales, au lieu de provenir du ciel, monte peu à peu de l'extrémité du rang. Abasourdis, ils aperçoivent d'abord des majorettes, cuisses à l'air, la tête coiffée de chapeaux à pompons, faisant tournoyer leurs bâtons rouges, puis une fanfare entière suivie de clowns pirouettants et de chars allégoriques. Sur le premier char, Mickey Mouse et Donald Duck. Sur le second char, Tarzan et ses singes dans un fouillis de lianes. Sur le troisième char, Santa Claus et ses rennes. Sur le quatrième, Jacques le Matamore et sa fameuse toupie du temps. Sur le cinquième, Elvis Presley, guitare électrique au poing, se déhanchant et chantant : « Hound Dog ». Viennent ensuite des voiturettes chargées de pop-corn, de serpentins, de pétards, de hots-dogs, de mousse rose de cirque. Au-dessus de ce capharnaüm plane Superman, cape rouge déployée, muscles énormes bombés sous son collant bleu marqué d'un écusson d'or portant un large « S » rouge. Enfin, fermant la parade, Mandrake le magicien, en habit à queue, se tient debout dans une longue Cadillac blanche à demi mangée par la rouille.

Jos Montferrand est le premier à réagir. Il chante le coq, court à grandes enjambées, agressif, roulant des épaules, se plante droit devant la Cadillac de Mandrake et lance fièrement : « Vieux carrosse de sainte Epruche ! de quoi c'est qu' vous v'nez faire icitte sur nos terres ? Virez d' bord de suite ou be don j' chavire tout à l'envers ! »

Mandrake s'efforce de l'apaiser d'un salut amical tout en utilisant, bien sûr, par précaution, son célèbre pouvoir d'hypnotiseur.

Mandrake toutefois ne parle pas un mot de français. Jos ne parle pas un mot d'anglais. On fait appel à Archange Arbour qui, plus cultivé que ses amis, entreprend d'agir, du mieux qu'il le peut, en interprète :

— Mandrake dit qu'i' viennent nous visiter

en amis, traduit-il. I' dit qu' la renommée d' Charles-Auguste-Philédor p'is de toute notre gang s'est rendue jusque chez eux, aux Etats, p'is qu'eux-autres qui s'étaient toujours pris pour les plus biggest in the world i' sont ben obligés de s' rendre compte qu'i' sont rien comparés à nous autres. I' dit qu'aux Etats les gens sont en train d' pourrir dans la pollution p'is i' dit qu'i' vient nous d'mander d' l'aide pour essayer d' sauver leur pays avant qu'i' soit trop tard. I' dit que si on s' mettait tous ensemble, on s'rait peut-être capables de nettoyer l'Amérique p'is l' monde entier. I' dit qu'i' ont peut-être l'air fou, leur p'tite gang, mais qu'i' sont à peu près tout c' qui reste de sain dans les Etats !

Jos Montferrand lorgne avec suspicion Mandrake et les héros américains puis, retrouvant sa bonne humeur naturelle, il déclare : « On peut ben leur rendre service... Des pauvres comme nous autres, c'est généreux... »

Et la fête reprend de plus belle.

Philédor, nu, le corps toujours brillant comme l'or, mais les yeux cernés, sort sur la galerie de sa maison. Il y est bientôt suivi de Marguerite, également nue, les joues pourpres de plaisir. Après avoir salué les nouveaux arrivants, ils s'assoient tous deux dans des chaises berceuses et se font expliquer la situation. Tout le jour s'écoule en réjouissances mais, au soir venu, Mandrake réclame l'attention de tous en expliquant que, grâce à ses pouvoirs de magicien, il va projeter sur un écran géant dressé dans la cour de l'habitant son gros big show.

La fanfare, chargée de la trame sonore, se lance dans un tintamarre ahurissant, trombones, cymbales, trompettes, chaque instrument jetant des cris discordants afin de créer un climat de cauchemar. Puis les premières images, en couleurs, apparaissent.

Mandrake guide d'abord ses spectateurs par les salles du Musée d'Histoire Naturelle de New York. Crapauds géants, tortues larges comme des camions, dents de mammouths, ailes griffues de ptéranodons, arêtes de dimétrodons ressemblant à des flèches d'églises, cou de brachiosaure long de vingt-cinq pieds, écailles de stégosaures tranchantes comme des rasoirs, tels sont les restes énormes de l'une des plus impressionnantes faillites de l'histoire de la vie. Pendant plus de deux cent millions d'années, les grands dinosauriens se sont entredéchirés remplissant les jungles de leurs cris monstrueux et du choc fantastique de leurs carapaces. Hauts comme des tours de Babel, leur gigantisme était si disproportionné d'avec leurs toutes petites cervelles qu'ils ne surent que se ruer les uns sur les autres en des guerres dévastatrices. Leurs cadavres de cent pieds de longueur, de trente pieds de hauteur, pesant parfois jusqu'à quarante tonnes se sont effondrés comme des civilisations entières parmi les fougères et, dans l'épouvantable silence qui suivit leur extinction, le seul bruit qu'on put encore entendre fut celui de lourds lambeaux de chair détachés par les vers et croulant sur le sol et celui de mouches vrombissant autour d'un gros caillot de sang accroché aux os en fourchettes d'une épine dorsale plus haute que les arbres.

Mandrake exécute quelques mystérieux moulinets avec les bras et fait apparaître de nouvelles images tandis que les musiciens de la fanfare, cacophonisant, soufflent maintenant à faire éclater leurs instruments. Cette fois, la scène se passe dans Central Park où les pelouses commencent à onduler et où des lézardes sillonnent les murs des maisons. Des tourbillons de poussière volent entre les édifices. Une rumeur de plus en plus féroce monte de la ville. Les énormes buildings, commençant à s'agiter, perforent les nuages de leurs flèches acérées et le ciel, rouge comme sang, se met à dégoutter sur les toits. Des millions d'humains, sortant de rues qui ressemblent à des boyaux d'intestins pris de convulsions, affluent tel un liquide noir dans Central Park. Une puanteur insupportable s'élève de cette foule hurlante. Les automobiles, prises dans un incommensurable embouteillage, essayent de quitter New York. Un flot de sang roule par les longues avenues charroyant des débris de corps, des bras, des têtes, des vêtements, des femmes, des enfants broyés. Le sang, montant jusqu'aux vitres des autos, se déverse dans la rivière Hudson. Brusquement, les buildings se couvrent d'écailles de verre et se heurtent dans un grand fracas. Les seize édifices du Rockefeller Center sont une famille de monstres brillants, resserrés en cercle, qui se défendent à coups de griffes contre l'assaut des autres gratte-ciel dont la tête pointue, dépourvue de cervelle, lacère le ciel en provoquant des giclées de sang. Quelques buildings déploient des ailes de fenêtres que la queue hérissée d'autres buildings fait voler en éclats. Ouvrant des mâchoires aux myriades de dents de vitre, des édifices de cinquante étages s'empoignent par le milieu du corps et se déchiquettent projetant au-delà des nuages des masses gigantesques d'acier tordu. Un édifice blessé, les poutres de fer dressées en arêtes, se met à courir écrasant sous ses pattes des quartiers entiers dont les briques et les toitures de métal retombent à des lieues de distance parmi la foule des fuyards. L'essence s'étant répandue sur les boulevards, le feu provoque des explosions qui éventrent des monstres dont les tripes déboulent sur les maisons. Des édifices couverts de plaies béantes plongent leurs crocs dans les monceaux de tripes. D'autres, plus puissants, pourvus de cous interminables, se mettent à croquer des astres qui éclatent dans le vide comme du verre brisé. Ils accrochent au passage des tas de planètes qui, se fracassant les unes contre les autres, s'écrasent comme des bombes parmi les monstres déchaînés.

Soudain, un remuement énorme repoussant tous les autres édifices, une bête d'acier se dresse dont la taille est si colossale qu'elle rend dérisoire celle de ses adversaires. Cette espèce de tyrannosaure apocalyptique, encore identifiable par quelques-unes de ses formes à l'Empire State, se met à marcher aplatissant les buildings sous ses pattes de béton. Alors, il enserre dans ses griffes de verre le soleil qui tentait de fuir à l'horizon et, dans un geste que seule peut lui inspirer une démence à l'échelle de sa démesure, il le pose pendant quelques instants sur son crâne hérissé de poutres de fer tordues ; ouvrant vers le ciel des mâchoires parcourues de flammes, il enfourne l'astre dans sa gueule et, poussant un hurlement qui fait choir les plus lointaines constellations, à grands coups de crocs, il dévore le soleil.

A ce point du spectacle, la fanfare cesse son tintamarre, Mandrake exécute de nouveaux moulinets avec ses bras et, sur l'écran géant, s'inscrit : THE END.

Le film projeté par Mandrake le magicien a semé l'épouvante parmi la petite troupe euphorique de nos amis. Eux qui croyaient enfin arrivé le terme de leurs ennuis, eux qui se croyaient installés à demeure dans un paradis, ils doivent se rendre à l'évidence : le travail est loin d'être fini. Après bien des hésitations, ils acceptent, avec enthousiasme même, d'aider les héros étrangers dans leur projet de nettoyage du monde.

Philédor toutefois se montre réticent :

— Vieille oreille ! euh... me semble que j'ai ben mérité què'ques minutes de répit. Après tout, Marguerite p'is moé on est en pleine lune de miel... P'is après tout aussi, faut ben dire que moé chu pas un géant comme vous autres, un héros de légende, chu rien qu'un humain ben ordinaire qui a été entraîné malgré lui dans des aventures dangereuses afin de retrouver sa femme. J' veux dire que, ma job à moé, un simple habitant du rang du Grand Saint-Esprit, c'est pas vraiment de refaire le monde, voyez-vous ?... En té cas, termine-t-il un peu

pompeusement, j' vous suis par la pensée. J'
reste avec vous autres dans toutes les difficultés que vous allez rencontrer. Quand ça ira
trop mal, rappelez-vous que j' pense à vous
autres p'is ça va vous relever le moral.

Il y a bien quelques remous d'insatisfaction
parmi ceux qui jusque-là lui ont si vaillamment
prêté main-forte mais on semble comprendre
sa situation et c'est avec un entrain débordant
que tous se préparent à descendre vers les
Etats-Unis.

Jacques le Matamore, voulant démontrer les
étonnantes performances de sa toupie du
temps, actionne l'engin qui recule de quelques
centaines d'années en arrière et revient avec
une douzaine d'Iroquois et Christophe Colomb
en personne. Aussitôt, soulevant l'hilarité
générale, les Iroquois, tomahawks au poing,
s'élancent à la poursuite de Christophe Colomb
en hurlant : « Tout ça c'est d' ta faute, espèce
de Colomb, rembarque sur ta caravelle au plus
sacrant p'is r'viens p'us jamais nous découvrir ! » Ti-Louis Descôteaux et le géant Beaupré doivent intervenir pour empêcher le mas-
sacre de l'illustre navigateur. Jacques le
Matamore, fonçant beaucoup plus loin cette
fois dans les siècles, revient en compagnie de
Noé et de son arche. Noé, complètement ivre,
sa tunique tachée de vin, bascule sur le sol en
descendant de la toupie mais Marie-Josephte
s'écrie : « Ça fait rien, esquelette frette, on l'
garde avec nous autres même si i' est saoul
comme une botte. I' a déjà sauvé l' monde une
fois, i' peut nous donner des conseils ! »

— Ecoute, Jacquot, l'interrompt Jos Montferrand en s'adressant au Matamore, arrête ta

223

machine, là, ça fait. Ramène pas tout le passé en surface, on a assez d' problèmes avec l'avenir. On va tous se disposer en parade p'is on va descendre vers les Etats !

Fanfare en tête, on aligne les chars allégoriques les uns derrière les autres. Mandrake reprend place dans sa Cadillac blanche déglinguée. Superman se remet à planer. Mickey Mouse, Donald Duck, les clowns, Elvis, Tarzan et ses singes, tous reprennent leurs places. On installe sur un char Noé, ivre-mort, qui, appuyé contre son arche, la trogne semblable à un raisin trop mûr, sourit rubicond. Les Iroquois exigent un char à part sur lequel ils déroulent une banderolle portant l'inscription : « Viens p'us nous découvrir ! » Christophe Colomb, protégé par les gars de la Chasse-Galerie, monte à bord de l'un de leurs canots qui s'élève dans les airs. Alexis-le-Trotteur veut lutter de rapidité contre la toupie du temps.

Archange Arbour s'active, circulant d'un char à l'autre. Il s'arrête près de celui qui porte Dieu le Père, la Vierge et Jésus-Christ exigeant avec colère que Lucifer se joigne à eux afin de donner au monde entier un exemple d'harmonie. Il apostrophe Dieu le Père qui, ayant retrouvé son grand compas de Créateur, parle de mettre de l'ordre dans cette foire : « Ecoutez, l' Père, on vous amène avec nous autres mais gardez vos outils dans votre coffre. Faites pas votre Yaweh-Connaissant, faites pas le gars qui sait tout' p'is qui est partout. On n'en veut p'us d' vos Lois. A c'tte heure, c' qu'on veut c'est avoir du plaisir dans une belle grande fête universelle ! Par le pénis d' la Vierge ! la première chose qu'on va faire c'est de r'pousser dans l'océan tous les soldats, toutes les polices, tous les curés, tous les politiqueux, tous les faiseux d'argent qui pensent rien qu'à mettre tout l' monde en rangs p'is à les faire travailler comme des fourmis ! A c'tte heure, Hostie dansante, ça sera p'us l' Devoir mais le Plaisir qui va guider les gens dans leur agir. Le Plaisir ! Les pas-drôles, les sérieux, les faces-de-carême, va falloir qu'i' s' résignent au Plaisir ! »

S'adressant à Jésus-Christ qui lève le nez vers les nuages en dédaigneux, il enchaîne : « P'is toé, notre Sauveur, arrête de saigner tout l' temps, c'est fête aujourd'hui ! P'is arrête de nous racheter tout l' temps, on n'est pas d' la marde, clitoris divin ! »

Pour finir, il engueule Lucifer en hurlant : « P'is toé, Satan, t'es comme Al Capone. Si i' avait pas eu la Grande Prohibition, au commencement du monde, t'existerais même pas. Si la Providence avait pas passé une loi pour décréter que tout est péché, t'aurais aucun pouvoir. Pas d' péchés, pas d' démon ! »

Dieu le Père, secoué par tant de virulence, veut faire preuve de bonne volonté. Il regarde Santa Claus qui, riant et ânonnant : « Merry Xmas », « Merry Xmas », « Merry Xmas », distribue des étrennes et il veut l'imiter. Beaucoup d'enfants, en effet, venus des maisons avoisinantes, accompagnent maintenant le cortège et Dieu le Père, puisant dans son grand sac, leur offre des péchés capitaux, des plaies d'Egypte, des chemins de la Croix, des listes de Commandements, des pancartes portant l'inscription : « Défense de ci... » « Défense de ça... », des petites croix et des clous en guise de mécanos. Tous les enfants s'enfuient en criant : « I' sait pas jouer ! » et le malheureux vieillard, se grattant la tête, se renfrogne en boudant dans sa barbe de nuage.

De partout fusent les projets les plus farfelus. Elvis parle de libérer les instincts, de forcer tous les guindés, tous les constipés, tous les évêques, les Puritains, les Jansénistes, tous les maniaques du travail et du devoir à se trémousser, à fortiller en laissant monter en eux les rythmes sauvages de la vie. Tarzan et ses singes se proposent de tomber sans prévenir en plein Parlement d'Ottawa et de remplacer les ministres par des chimpanzés. Une altercation s'élève entre Archange Arbour et le géant Beaupré qui, fidèle à sa lubie de jadis, vient d'ajouter aux chars allégoriques une cinquantaine de corbillards après y avoir enfermé dans des cercueils fleuris des entrepreneurs de pompes funèbres. Archange a beaucoup de difficulté à persuader le géant de laisser la vie sauve aux croque-morts mais, en revanche, il lui promet qu'il pourra, chemin faisant, broyer sous ses bottines de feutre tous les salons funéraires d'Amérique. La Corriveau affirme d'ailleurs que son Edouard va se faire un plaisir d'attraper à pleines mains les missiles et les avions porteurs de bombes et qu'il va les aplatir contre le sol. Les gars de la Chasse-Galerie et les loups-garous se promettent de capturer les magnats de la finance, les grands patrons d'industries et de les asphyxier en leur enfonçant dans la bouche et l'anus les cheminées de leurs usines polluantes. Ti-Louis Descôteaux envisage de frotter les villes comme des gales infectes à l'aide d'une brosse énorme fabriquée avec une forêt d'épinettes. Les Iroquois se disent disposés à donner la respiration artificielle à chaque poisson. Quant à Superman et à Jos Montferrand, ils se proposent de soulever à bout de bras les chutes du Niagara et de s'en servir en guise d'arrosoir afin de faire croître sur l'emplacement des cités des profusions de fleurs géantes.

Finalement, Montferrand, chantant le coq, donne le signal du départ et la parade se met en marche. Philédor et Marguerite, assis sur leur galerie, regardent passer tous les chars. Fermant le cortège, Edouard Beaupré, portant son « gueval » sur son épaule, traîne sa charrette à foin dans laquelle prend place, à côté de sa cage, Marie-Josephte Corriveau. Celle-ci, saluant les amoureux, lance, avec un petit sourire en coin : « You-ou ! Philédor ! Inquiète-toé pas trop pour nous autres. On va se r'voir betôt, on s'ra pas partis longtemps !... »

Dès que tout ce cirque a disparu au bout du rang du Grand Saint-Esprit, Philédor pousse un « ouf ! » de satisfaction.

— Vieille oreille, i' nous ont donné un bon coup de main pour nous aider à nous r'trouver, mais là, i' commençaient à dev'nir un peu collants. Chu pas fâché qu'i' aient fini par se décider à lever l'ancre.

Marguerite s'approche, lui caresse le sexe et tous deux, exaltés par la passion, retournent dans la chambre nuptiale où ils s'apprêtent à reprendre leur fête amoureuse lorsque, totalement éberlués, ils croient entendre les tambours, les trompettes, les cymbales de la fanfare qui se rapprochent de nouveau. Philédor, furieux, sort sur la galerie et s'appuie au chambranle pour ne pas tomber à la renverse. La parade, avec tous ses flonflons, ses crincrins, ses ballons, ses hot-dogs et ses pétards revient en droite ligne vers la maison.

— Tabarnaque de vieille oreille de bœu ! Les gars, hurle-t-il du plus loin qu'il les voit, vous êtes pas sérieux de v'nir nous déranger dans l'

228

meilleur ! Qu'est-cé qui vous prend ? Avez-vous changé d'idée ou be don si c'est moé qui est en train de faire un vieille oreille de cauchemar ?

Dès que la Cadillac blanche déglinguée de Mandrake a stoppé devant la galerie, Superman et Jos Montferrand se jettent littéralement sur Philédor, lui rivent les épaules au sol et, lui ouvrant de force les mâchoires, ils crient : « Allez-y, vous autres, rentrez-y d'dans ! »

Alors, Philédor a la certitude qu'il devient fou. Mandrake et sa Cadillac rouillée roulent sur sa langue, s'enfoncent dans sa gorge et descendent dans l'estomac. Tarzan et ses singes, Santa Claus, les clowns, Mickey Mouse, Donald Duck, Elvis et sa guitare, Jacques le Matamore et sa toupie du temps, les musiciens de la fanfare, les majorettes, les Iroquois, Christophe Colomb, Noé, Ti-Louis Descôteaux, Grand Sifflète et les draveurs de la Chasse-Galerie, les treize loups-garous, Alexis-le-Trotteur hennissant, Archange Arbour, Edouard Beaupré, son « gueval », sa charrette, la cage, Lucifer et son cigare, Jésus-Christ, tous sans exception entrent dans sa bouche, disparaissent dans son gosier, vont s'installer dans son ventre.

Reste Dieu le Père qui, avant de suivre les autres, dit : « Mon jeune, permets-moi de te donner un sage conseil avant de m'enfouir pour toujours dans tes profondeurs. Vois-tu, il est bien que, présentement, tu fêtes ton triomphe sur la Mort et que tu te sentes de nouveau dans la fleur de ta juvénilité, mais, crois-en ma très antique expérience de Créateur, ton aventure est loin d'être terminée. La Mort, vois-tu, c'est jamais vraiment mort pour de bon. Un jour, il va falloir que tu l'acceptes au lieu de vouloir la détruire car la Grande Fête dont tu rêves ne sera complète que si la Mort vient se joindre au cortège.

« Tant que tu refuses la Mort, qui n'est que l'une des deux faces de la Vie, un peu à la manière de ces masques, l'un triste, l'autre gai, qui représentent le théâtre, tant donc que tu la refuses, tu recommences la même erreur que j'ai commise jadis et la même que tous les jeunes gens : tu tentes de reconstruire le monde à ton image et à ta ressemblance. Or, quand on y pense sérieusement, toute personne qui ambitionne de refaire le monde à son image et à sa ressemblance devrait d'abord se regarder dans le miroir... ne crois-tu pas ? Car, en vérité, en vérité, et je suis bien placé pour l'affirmer, nul n'est assez admirable pour que le monde vaille la peine d'être rebâti à son image et à sa ressemblance... On ne remodèle pas le monde, mon garçon, on s'y adapte. Nul ne peut refaire le monde, pas même les Dieux. »

Superman et Jos, sans relâcher leur prise, dégagent les mâchoires de Philédor qui bafouille : « Ecoutez, l' Père, laissez-moé mes illusions pour un bout d' temps. Laissez-moé r'prendre mon souffle p'is jouir de ma nouvelle existence. Plus tard, j' dis pas, lorsque j'accéderai à plus de sagesse, j'entreprendrai peut-être de m'apprivoiser à la Mort p'is de lui faire danser un set avec nous autres dans la Grande Fête... »

Il n'a pas le loisir d'en dire davantage. Déjà on lui a rouvert la bouche et Dieu le Père, franchissant dignement les deux rangées de dents, se laisse tomber dans l'estomac de notre habitant. Puis c'est au tour de Superman et de Jos Montferrand qui, après avoir chanté le coq, saute à pieds joints dans les entrailles de **Philédor**.

Celui-ci, complètement abasourdi, se relève, lâche un rot, s'étonne de digérer aussi allégrement un tel ragoût. Titubant, ivre d'une plénitude jamais éprouvée avant ce moment, il aperçoit à peu de distance sa femme, Marie-Josephte et la Vierge qui devisent en rigolant.

— Vieille oreille de tabarnaque de bœu ! hurle-t-il, toé, ma Corriveau de tous les yables, comment ça s' fait qu' t'as pas suivi tous les autres, hein ? J' te soupçonne d'avoir organisé tout ça c'tte vieille oreille d'ensorcellerie-là ! Veux-tu m' faire virer complètement fou ?... P'is, de quoi c'est qu' j'ai l'air à c'tte heure, hein ? Me v'là fin seul ! Qui c'est qui va nettoyer l' monde, hein ? C'est toujours ben pas moé, vieille oreille de bœu !

— Ecoute, Philédor, répond Marie-Josephte en souriant, choque-toé pas, m'en vas tout t'expliquer. D'abord, c'est pas les parades qui peuvent refaire le monde. C'est à chacun à découvrir ses propres forces p'is à les accepter. C'est chacun qui doit se refaire p'is ça c'est ben plus difficile que de proposer avec exaltation des plans pour restructurer l'univers. Si chacun fait ça, chacun va se sentir rajeuni, grandi, chacun va s'améliorer p'is le monde va être transformé. Tu dis que te v'là fin seul, mais on est toujours fin seul, Philédor...

« Jusqu'à c'tte heure, t'avais l'impression d'avoir ben des amis puissants mais tous ceux-là qui t'ont donné un coup de main c'est des gars à qui t'a demandé d'accomplir des exploits à ta place parce que tu pensais que t'étais pas capable de les réussir. Mais, à c'tte heure que t'as fait tes preuves, tu deviens tous les autres p'is c'est toé qui va agir. Pour devenir un homme solide, faut pas qu'un gars vive éparpillé. Faut qu'i' rapaille tous ses morceaux p'is que tout ça ça pogne dans un seul bloc. A c'tte heure que t'as avalé tous les ceuxses que tu prenais pour d'autres, te v'là enfin toé-même !

— Vieille oreille, reprend Philédor, vas-tu m' dire une fois pour toutes de quoi c'est qui m'arrive ? Chu tout mêlé ! Me semble qu'un bon moment donné, què'que part, j' sais pas quand, me semble me souvenir ben vaguement que j' me su's endormi dans ma berceuse au coin du poêle à bois... Ça s'rait-y qu' j'aurais viré fou ?... Ça s'rait-y que chu en train d' faire un rêve ?...

— Ecoute, enchaîne Marie-Josephte, toujours souriante, même si tu t' réveillais, tu s'rais p'us jamais le même homme qu'avant. Les rêves, Philédor, ça change la vie.

« A c'tte heure, tiens-toé ben, c'est pas fini, j'ai encore une révélation à t' faire. Euh... euh... vois-tu... euh... j'ai toujours été ta femme mais tu m' connaissais pas...

— Arrié back ! Corriveau ! vocifère Philédor. Fais-moé pas des peurs comme ça ! Pousse mais pousse égal !

— Laisse-moé finir avant d' piquer une crise, laisse-moé finir. J'ai toujours été ta femme mais tu m' connaissais pas... la bonne Vierge itou d'ailleurs... est pas jasante mais c'est son rôle, est là pour la douceur... Tu l'as aimée, Marguerite, c'est certain, mais toute ta vie durant t'as souffert parce que Marguerite était pas capable de jouir, était pas capable de devenir une femme de plaisir. Ben, vois-tu, si al' était pas capable c'est parce qu'i' lui manquait què'que chose.

Dans toutes les femmes qui viennent au monde, Philédor, y a une sainte Vierge de douceur mais y a aussi une Corriveau comme moé. Mais d'ordinaire les gens, tremblants de frayeur devant les juges noirs de la Confrérie de la Grande Etole, s'empressent de l'enfermer dans une cage de fer où c'est qu'a' meurt. P'is ça, ça fait des femmes privées d' la moitié d'elles-mêmes. P'is pourquoi qu' c'est comme ça ? ben parce que des hommes comme toé, des hommes comme celui qu' t'étais avant ton aventure, ont peur d' la Corriveau qui vit dans chaque femme. Mais à c'tte heure que tu m' connais, tu sais bien qu' chu pas méchante, hein ?

— Ben... euh... bafouille l'habitant, euh... ma démone de sorcière, toé, faut ben admettre que sans toé j'aurais jamais pu devenir Philédor Beausoleil, ça c'est sûr...

— P'is moé, sans toé, reprend, émue, Marie-Josephte, sans toé, j'aurais jamais pu sortir de ma cage p'is devenir ta femme, jamais on se serait trouvés...

« Laisse-moé t' dire encore une dernière affaire. Y a une seule chose qui me chagrine un peu, c'est que va falloir me départir de mes beaux cheveux rouges. A force d'attiser la révolte en moé, mes cheveux avaient fini par prendre la couleur d' la flamme. Tant que j'étais toute seule pour lutter j'avais besoin de m' prendre pour un soleil, vois-tu ? Mais, à c'tte heure que t'es là, tout brillant, tout plein d' feu, tout plein d'or, j'ai plus besoin de mes cheveux rouges.

Après avoir prononcé ces paroles, la Corriveau sort une paire de ciseaux de sa poche, se coupe tous les cheveux et les lance dans l'air où ils se mêlent aux rayons du jour.

Puis, retrouvant sa gaieté, elle enlève son manteau de chat sauvage et dit en rigolant : « On a été tellement occupés, tabarouette, que j'ai pas encore eu l' temps d'arracher mon déguisement d'oiseau. Chu encore toute ébouriffée comme un moineau. Charles, va falloir que tu m' prennes avec toutes mes plumes p'is mon duvet même si j'ai l'air d'un clown. Tout c' que j' peux faire c'est te promettre d'essayer de roucouler de mon mieux pour te faire rire si jamais ça t'arrive de t' sentir déprimé ! »

Marie-Josephte et la Vierge, se tenant par la main, poussent un grand cri de joie et se confondent à Marguerite. Aussitôt, la jeune femme, épanouie de félicité, court vers son mari, se jette dans ses bras, l'embrasse à pleine bouche.

Les deux amoureux montent les trois marches de bois et s'assoient dans les berceuses sur la galerie. Un arc-en-ciel déploie ses couleurs au-dessus de la maison. Le soleil vient se poster au-dessus de la tête de Philédor. La lune vient se poster au-dessus de la tête de Marguerite. Celle-ci, touchant son ventre soudain transparent, révèle à son époux émerveillé qu'elle porte deux jumeaux : un petit garçon aux cheveux de rayons, une petite fille aux doux yeux de lune.

— Me semble que c'est trop beau pour être vrai, murmure Philédor, éblouissant de bonheur. Ecoute, Marguerite, ma p'tite femme en sucre du pays, toé au moins tu vas être franche avec moé p'is tu vas m' dire si chu en train d' rêver, vieille oreille...

Marguerite, les yeux mouillés de larmes de ravissement, se penche vers lui et dit d'une voix très tendre : « Essaye pas tout l' temps de tout expliquer avec ta tête. On a passé notre vie à s' chercher p'is là on s'est enfin trouvés p'is on est heureux pour toute l'éternité. C'est ça l'essentiel... »

Philédor, étreignant sa femme à pleins bras, marmonne pour lui-même, dans sa moustache : « En té cas, si tout ça c'est un rêve, c'est un vieille oreille de bœu d' beau rêve... »

FIN

Rang de la Grande-Rivière
Juin 1976 - juin 1977

FIN

ACHEVE D'IMPRIMER
SUR LES PRESSES
DE L'IMPRIMERIE S.E.G.
33, RUE BERANGER, A
CHATILLON-SOUS-BAGNEUX